渡 航【wataru watari】
JN027379

Contents

やはり俺の青春ラブコメはまちがっている。

My youth romantic comedy is wrong as I expected.

登場人物【character】

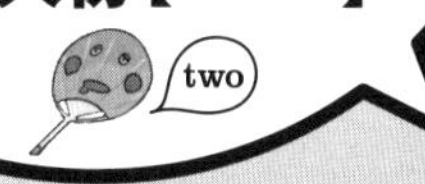

比企谷八幡【ひきがや－はちまん】…………主人公。高二。性格がひねくれている。

雪ノ下雪乃【ゆきのした－ゆきの】…………奉仕部部長。完璧主義者。

由比ヶ浜結衣【ゆいがはま－ゆい】………八幡のクラスメイト。周りの顔色を伺いがち。

材木座義輝【ざいもくざ－よしてる】…………オタク。八幡のことを仲間だと思っている。

戸塚彩加【とつか－さいか】…………テニス部。可愛いがついている。

川崎沙希【かわさき－さき】…………八幡のクラスメイト。不良化している?

平塚 静【ひらつか－しずか】…………国語教師。生活指導担当。

比企谷小町【ひきがや－こまち】…………八幡の妹。中学生。

川崎大志【かわさき－たいし】…………川崎沙希の弟。小町と同じ塾に通う。

design:numata rina

プロローグ

ゴールデンウィークも過ぎて、じわりじわりと暑くなりはじめてくる今日このごろ。昼休みともなると生徒のざわめきも大きくなり、余計に暑く感じる。

元来、クールでハードボイルドな俺は暑さにめっぽう弱い。なので、少しでも涼しさを求め、人のいない場所へと向かった。

人間の基礎体温は三六度程度。気温にすれば真夏日どころか猛暑日である。さしもの俺とてそんな高温多湿に耐えられるはずがない。

猫なんかもそうだろう。暑いと人気(ひとけ)のないところへ行くものだ。俺もまた純然たる暑さ対策のために人気のないところを目指した。いや、別にクラスに居場所がないとか居心地が悪いとかでは決してない。

これは本能的な行動であり、むしろ、そうしないクラスの連中は生物として間違っている。

要するに彼らは弱いから群れとなって行動しているのだ。惰弱(だじゃく)な生命の本能として集団行動をとっているだけだ。肉食獣に襲(おそ)われたときに誰かを生贄(いけにえ)として差し出すために寄り集まっている草食動物と変わらない。何食わぬ顔で草を食っているくせに、仲間を食い物にしているのだ。

まぁ、あれだ。強い獣は群れたりしない。一匹狼という言葉を知らないのかよ。

猫は可愛いし、狼はかっこいい。つまり、ぼっちは可愛いし、かっこいい。

そんな壮絶なまでにどうでもいいことを考えながら、俺は足を動かしていた。

屋上へと続く踊り場。

使わない机が乱雑に置かれた、人一人通るのがやっとのような場所である。

屋上に繋がる扉はいつもならちゃちい南京錠で施錠され、固く閉ざされていたはずだ。

その南京錠が外され、ぷらぷらと揺れていた。

どうせどこかのクラスのちゃらちゃらした連中がぎゃーすか騒ぐために屋上に出たんだろう、ほんとナントカと煙は高いところがアレである。このまま封鎖したろかと思い、机を三つと椅子を二つほど重ねた。相変わらず俺の行動力が凄い。男らしい。きゃー抱いて。

だが、そのとき、扉の向こうがやけに静かなことに気づいた。

おかしい。俺の知る限り、彼ら彼女らリア充どもは静寂を恐れるものだ。それはもう火を恐れる獣の如く。沈黙＝つまらないと解釈し、自分がつまらない人間であることを悟られまいととにかく喋る、騒ぐ、はしゃぐ。その一方で俺と話すときは沈黙することで「つまんないんですけど」アピールをする。あの沈黙、ほんとなんなの……。いやいや違うから、俺むしろ静寂とか沈黙好きだから。

この静けさからするとあの手の連中はこの先にいないようだ。もしかしたら誰もいないのかもしれない。

誰もいないとなると、俄然元気になるのがぼっちである。これはあれだ、内弁慶とかそういうことでなく、むしろ普段誰にも迷惑をかけないように気を遣っているだけだ。

俺は自分で築いたバリケードを崩すと扉に手をかける。

少しわくわくしていた。例えば初めて駅の蕎麦屋さんにふらりと入ったときのワクワク、わざわざ千葉市から離れて四街道市の本屋さんでえっちぃ本を買ったときのドキドキ。そんな、独りぼっちだからこそ味わうことのできる独特の高揚感。

扉の先に広がるのは青い空、そして、水平線。

今やこの屋上は俺のプライベート屋上と化していた。

お金持ちはプライベートジェットやプライベートビーチなどを持ちたがる。常にプライベートタイムであるぼっちは人生の勝者、つまりぼっちはステイタスというべきだ。

空はあくまでも五月晴れていて、いつかこの閉塞した世界から抜け出せるのだと、そう告げているようだった。往年の名画でいうなら、『ショーシャンクの空に』的な。まぁ観たことないんだけど、名前的にそんな映画っぽいよな。

遠く霞み行く空を眺めるのと、将来を見据えるのはどこか似ている。だから、屋上は手元にある職場見学希望調査票に自身の夢を託すのにふさわしい場所だった。

職場訪問は定期試験明けに迫っている。俺はその紙に志望する職業と見学したい職場、その理由をつらつらと書き連ねる。日ごろから将来設計ばっちりな俺の筆に迷いはない。ものの二分もしないうちに書き上げてしまった。

——そのとき。

風が吹いた。放課後の、気だるい空気を運び去るような、そんな運命的な風。夢を描いた一枚の紙を未来への紙飛行機のように飛ばしていく。

詩的に表現したが、もちろん俺が今さっき書いていた紙だ。おいバカこの風マジふざけんな。紙は俺を弄ぶようにかさかさと地を這い、追いついたと思ったらまた高く飛ぶ。

……もういいや。紙をもらってまた書き直そう。「押してダメなら諦めろ」を座右の銘にしている俺はこの程度で動揺しない。なんなら「千里の道も諦めろ」を追加してもいい。

肩をすくめて歩き出したときだった。

「これ、あんたの？」

声がした。ややハスキーな、どことなく気だるげなその声の持ち主を捜して俺はきょろきょろと周囲を見渡すが、俺の周りに人はいない。いつも周りに人はいないが、そういう意味でなく、この屋上に俺のほかに人影は見つからない。

「どこ見てんの？」

ハッとバカにし腐った感じで笑う声は、上から聞こえた。上からものを言うとはまさしくこのことだろう。屋上からさらに上へ突き出た部分、梯子(はしご)を上った先にある給水塔。

その給水塔に寄りかかり、俺を見下ろしていた。

手の中で安っぽい百円ライターを弄(もてあそ)び、俺と目が合うと、そのライターをそっと制服のポケットへとしまい込んだ。

長く背中にまで垂れた青みがかった黒髪。リボンはしておらず開かれた胸元、余った裾(すそ)の部分が緩く結びこまれたシャツ、蹴(け)りが鋭そうな長くしなやかな脚。そして、印象的なのがぼんやりと遠くを見つめるような覇気(はき)のない瞳(ひとみ)。泣きぼくろが一層倦怠感(けんたいかん)を演出していた。

「これ、あんたの?」

その女子はさっきと変わらぬ調子で言った。何年生かわからないのでとりあえず無言で頷(うなず)いておく。いや、ほら先輩だったりすると敬語使わなくちゃいけないけど、違ったらそれはそれで恥ずかしいじゃないですか。いつだって無言は最強である。

「……ちょっと待ってて」

ため息交(ま)じりにそう言うと、梯子に手をかけてするすると下りてくる。

――そのとき。

風が吹いた。重く、垂れ下がった暗幕を取り払うような、そんな宿命的な風。夢を託した一枚の布を未来永劫(みらいえいごう)焼き付けるように神風に靡(なび)く。

詩的に表現したが、要するにパンツが見えた。おい、でかしたこの風マジよくやった!

梯子の途中から手を離し、すとっと降りた女子は俺に紙を渡す直前にそれを一瞥する。

「……バカじゃないの?」

そう言って投げつけでもするかのごとく、ぶっきらぼうに俺に手渡した。俺がそれを受け取ると、くるっと踵を返してそのまま校舎の中へ消えていく。

「ありがとう」も「バカってなんだよ」も「パンツ見てごめんなさい」も言いそびれてしまい、俺はその場に残されてしまった。

返してもらった紙を片手にぽりぽりと頭を掻く。

屋上のスピーカーからは昼休み終了のチャイムが流れていた。

それを合図に、俺も扉へと足を向ける。

「黒のレース、か……」

ため息とも桃色吐息ともつかぬその呟きは、潮の香りが混じった夏色の風に乗って、いずれ世界を駆け巡るのだろう。

誕 生 日
10月26日

特　　技
空手

趣　　味
編みぐるみを作る

休日の過ごし方
アルバイト、弟や妹の相手

誕 生 日
3月3日

特　　技
体が柔らかい、料理、兄の世話

趣　　味
貯金、兄をからかう

休日の過ごし方
猫の世話、一日中家にいる兄の相手

やはり俺の

職場見学希望調査票

総武高等学校　2年　F組

比企谷 八幡

1. 希望する職業

専業主夫

2. 希望する職場

自宅

3. 理由を以下に記せ

古人曰く、働いたら負けである。
労働とはリスクを払い、リターンを得る行為である。
畢竟、より少ないリスクで最大限のリターンを
得ることこそが労働の最大の目的であると言える。
小さい女の子、つまり幼女が「将来の夢はお嫁さん」
と言い出すのは可愛さのせいではなく、むしろ
生物的な本能にのっとっているといえるだろう。
よって、俺の「働かずに家庭に入る」という選択肢は
妥当であり、かつまったくもって正当なものである。
従って、今回の職場見学においては
専業主夫にとっての職場である、自宅を希望する。

1

こうして由比ヶ浜結衣は勉強することにした。

職員室の一角には応接スペースが設けられている。革張りの黒いソファにガラス天板のテーブルが置かれ、パーテーションで区切られていた。そのすぐそばに窓があり、そこからは図書館が見渡せた。

開け放たれた窓から、うららかな初夏の風が入ってきて一切れの紙が踊る。

俺はそのセンチメンタルな光景に心を奪われ、風の行く末を問おうと紙切れの動きを目で追った。はらり、と。まるで零れ落ちた涙のように儚く、その紙は床へと舞い降りる。

そこへ、ダンッ！　と鉄槌の如き、ピンヒールが突き刺さった。

しなやかにのびた脚。タイトなパンツスーツに包まれていながらも、その長さと形の良さが窺える。パンツスーツというのは着こなすのにかなりのスタイルの良さが要求されるものだ。スカートであれば生脚なりパンストなりの補正がかかることでエロス成分は満たされるが、あえてその魅力を包み隠してしまうパンツスーツは、ともすれば野暮ったたく無粋なものに映る。細身でありながらしっかりとした肉感を伴った脚でなければパンツスーツ本来のフォルムが崩れ、むしろ逆に醜く見えてしまうのだ。

だが、目の前のパンツスーツは違う。これは黄金比と呼んで差し支えないほどに均整がとれていた。

いや、脚だけではない。絞られたウエストはなだらかな曲線を描き、その曲線はやがて見事に隆起したバストへと到達する。……Ｏｈ、これがマウント・フジか。

足元から胸元に至るまでのラインはまるでヴァイオリンのような、否、ただのヴァイオリンではない。かの名器・ストラディバリウスの如き、完璧なる造形を誇っていた。

問題は、その上に運慶・快慶作の金剛力士像のような恐ろしい形相があることである。

芸術的に見ても文化的に見ても歴史的に見ても怖かった。

国語教師の平塚先生は煙草のフィルターをがじがじと齧り、さも怒りを堪えてますという表情で俺を睨みつける。

「比企谷。私が何を言いたいか、わかるな？」

「さ、さぁ……」

大きな瞳が放つ眼光に耐え切れず、すっとぼけながら俺は顔を逸らした。

すると、平塚先生は右手を人差し指から順に握り始める。それだけでコキコキコキっと指が鳴った。

「……まさか、わからないとでも言うつもりか？」

「さ、サーイエッサー！　と言おうとしたんです！　違うんです！　わかってるんです！　書き直します！　殴らないで！」

「当たり前だ。まったく……少しは変わったかと思えばこれだ」

「俺のモットーは初志貫徹なので」

てへっ♪と笑って見せると、平塚先生のこめかみからピシッと音が聞こえた気がした。

「……やはり殴って直すしかないか。テレビでもなんでも殴ったほうが話が早い」

「い、いや、俺、精密機械なんでそういうのはちょっと。それはそうと最近のテレビは薄いから殴りようがないですよね。やはり年の差を感じ」

「衝撃のっ！　ファーストブリットぉぉっ!!」

ごすっと。ド派手に張り上げた気合いの声とは裏腹に、ごすっというド地味な音がして、俺の腹に拳がめり込んでいた。

「……ぐふっ」

遠のきかける意識を必死に手繰り寄せながら顔を上げると、平塚先生は嫌な感じにニィっと笑う。

「撃滅のセカンドブリットを喰らいたくなかったら、それ以上は口にしないことだ」

「す、すいませんでした……。抹殺のラストブリットは勘弁してください」

素直に謝ると平塚先生は満足げに、ぎしっと音のする椅子に腰かけた。俺がすぐに謝罪したのが功を奏したのか、どこかすっきりとした面持ちで微笑んでいる。普段の言動が痛々しいからつい忘れがちだが、やはりこの人は美人だ。

「『スクライド』はいいよなぁ…。比企谷は理解が早くて助かる」

訂正。やはりこの人はただの痛々しい人だ。自分の言ったネタが通じたのが嬉しかっただけらしい。

最近、先生の趣味がわかってきた。要するに熱いマンガやアニメが好きなんだろう。すげぇどうでもいい知識ばかりが増えて困る。

「さて、比企谷。念のために聞いておこう。このふざけた回答の意図はなんだ」

「なんだと言われても……」

なんだかんだと聞かれたら答えてあげるが世の情けだが、俺の思いの丈はすべてあの紙にぶつけたのでこれ以上の回答を俺は用意していない。あれを読んでも理解してもらえないとなると、さて、どうしたものか……。そんな俺の考えを見透かしたように、平塚先生は煙草の煙を吐きながら俺に視線を投げかける。

「君の腐った性根は理解しているが、多少は成長したものだと思っていたんだがな。奉仕部で過ごす日々は君に影響を与えなかったのかね？」

「はぁ……」

答えつつ、先生の言う「奉仕部」での日々について思い返してみる。奉仕部は簡単に言ってしまえば生徒の悩みを聞き、その解決の手助けをする部活だ。だが、その実態は学校生活がダメダメな奴らを一括りにしておくための隔離病棟でしかない。俺はそこで手伝いをさせられ、腐った性根と腐った目の矯正をさせられる羽目になったのだが、特にこれといって何もしていないのでどうにも思い入れが薄い。あえて挙げるならなんだろうか。

……戸塚が可愛かった。うん、これしかない。

「比企谷……。急速に目が腐っているぞ。あと涎を拭け」

「はっ！　いけね、つい……」

ぐしぐしと袖で口元を拭う。危ないところだった。危うく何かが目覚めるところだった。

「……君の痛々しさは改善されるどころか悪化しているな」

「いや、先生の痛々しさに比べればまだなんぼかマシな気が……。さすがにその年で『スクライド』とか言い出」

「撃滅の……」

「すのはやはり大人の女性ならではのことですよね。名作をきちんと伝えていこうという使命感をびしばし感じます、ええ。いやほんとマジで」

殴られるのを回避するためにどうにか言葉を尽くすと、平塚先生は拳を納める。だが、相変わらず目つきは鋭く、それは野生の獣を思わせた。

「まったく……。とにかく、職場見学希望調査票は再提出。それと、私の心を傷つけたペナルティとして調査票の開票を手伝いたまえ」

「……はい」

俺の目の前にはこんもりと盛られた紙の束。それを一枚一枚より分けていくという、まるでパン工場のバイトみたいなことをやらねばならなくなってしまった。しかも監視員付き。

女性教師と二人きりでいてもドキドキの展開など訪れるわけもなく、もちろん殴られた衝撃で胸を触るようなラッキースケベも起こらない。

あんなのは全部嘘っぱちだ。嘘つき！　ギャルゲーのライターやラブコメラノベ作家は皆俺に謝りに来たほうがいい。

×　　×　　×

この千葉市立総武高校では二年次に「職場見学」なるイベントが存在する。

各人の希望を募りそれをもとに見学する職業を決定し、実際にその職場へ行く。社会に出るということを実感させるゆとり教育的なプログラムだ。

別にそれ自体は大したこっちゃない。どこの学校でも似たような行事があるだろう。問題なのはこいつが中間試験の直後にあることだ。つまり、俺はテスト前の貴重な時間を割いてこの雑事に付き合っているのである。

「にしても、なんでこんな時期にやるんですかねぇ……」

もぞもぞと紙束を希望職種ごとに分けながら俺が尋ねると、空きデスクに座っていた平塚先生は咥え煙草で答えてくれる。

「こんな時期だからこそだよ、比企谷。夏休み明けに、三年次のコース選択があるのは聞いているな？」

「そんなんありましたっけ」

「HRで伝えられているはずだが……」

「はぁ、俺の場合、アウェーなんでHR全然聞いてないんすよね」

いやほんとさ、なんであれHRっていうの？　ホームじゃないでしょう？　あれ大嫌いなんだけど。

それにHRを取り仕切る日直という制度がもういかん。日直は、HRとか授業ごとの号令をやらされるんだが、俺が号令かけるときだけやたらめったら静かになるのほんとやめてほしい。葉山とかが号令のときは笑い声が飛び交ったりして、それをあいつが笑顔で注意する家庭の団欒みたいになってるのに、俺のときは誰も何も言わないんだぜ？　むしろ、ブーイングもないぶん、アウェーですらない。

「……とにかく、ただ単に漫然と試験を受けるのではなく、将来への意識を明確に持ってもらうために、夏休み前の中間試験直後に職場見学が設けられているんだ」

その有効性は疑わしいものだがね、と付け足してから平塚先生はぷかぁと輪っか状の煙を吐き出した。

俺の通う千葉市立総武高校は進学校だ。生徒の大半が大学進学を希望し、また実際に進学する。当然、高校入学時から大学進学を念頭に置いている。

最初から四年間のモラトリアムを計算に入れているためか、将来への展望というのは希薄だ。ちゃんと将来のことを考えているのなんて、俺くらいのものだろう。絶対に働かない。

「何かろくでもないことを考えていそうだな……。君は文系、理系、どっちにするんだ？」

呆れ顔で平塚先生が尋ねてくる。

「俺っすか。俺は――」

「あー！　こんなとこにいた！」

俺が口を開くと、それを騒がしい声が邪魔をした。

くるっとお団子状に纏められた明るめの髪が不機嫌そうに揺れている。相変わらず短めのスカートに二つ三つボタンが外されて涼しげな胸元。つい最近顔なじみになった由比ヶ浜結衣だ。というか同じクラスなのに最近顔なじみになったなんて、ある意味逆に俺のコミュ力が凄い。酷い。

「おや、由比ヶ浜。悪いが比企谷を借りているぞ」

「べ、別にあたしのじゃないです！　ぜ、全然いいです！」

言葉を返しつつ、由比ヶ浜はぶんぶんと全力で手を振って否定する。いりませんこんなの！

的なニュアンスが含まれている気がしてならない。そんな全力で拒否されるとちょっと傷つくんだけど……。

「なんか用か？」

俺の問いかけに答えたのは由比ヶ浜ではなく、その後ろからひょいと現れた少女だった。前に出る動きに合わせて黒髪のツインテールがぴょこっと跳ねる。

「あなたがいつまでたっても部室に来ないから捜しに来たのよ、由比ヶ浜さんは」

「その、倒置法で暗に自分は違うアピールいらねぇから、知ってるから」

この黒髪の、顔だちだけはやけに整っている少女が雪ノ下雪乃。見た目はビスクドールみたいに綺麗だが、その態度も陶器さながらにひやりと冷たい。

今日会った最初の一言が俺への拒絶であるあたり、俺たちの普段の関係性が窺えた。一応、雪ノ下と俺は同じ部活、奉仕部に属している。部長は雪ノ下だ。そして、そこで俺と雪ノ下は血で血を洗い、ときどき洗わない、要するにただお互いの過去の傷を抉り合っては塩を傷口に塗り込むだけの、そんなどうしようもない抗争を日夜繰り広げている。

雪ノ下の言葉を受けて、由比ヶ浜が不満げにむんと仁王立ちになる。

「わざわざ聞いて歩いたんだからね。そしたら、みんな『比企谷？　誰？』って言うし。超大変だった」

「その追加情報いらねぇ……」

なんでこいつはピンポイントで俺の心を抉りに来るんだ。狙ってやってないとか天性のスナイパーかよ。

「超大変だったんだからね」

しかも不機嫌顔で何故か二回言われた。おかげで俺の存在が学校で認知されていないという事実が再度俺を襲ってくる。いや、まぁそりゃねぇ、学校で誰もが知る人物なら捜すのは楽だもんねぇ。ここまで存在を知られてないとすると案外俺の適職は忍者とかかもしれない。

「なんだ、その、悪かった」

人に知られてなくてごめんなさい、とかこんな悲しい謝罪をするのは初めてである。俺クラスの強靭な精神力の持ち主でなかったら目からウォシュレットが噴き出てるぞ。

「別に、い、いいんだけどさ……。そ、その……、だから、」

由比ヶ浜は胸の前で指を組み、それをうにょうにょと動かしながらもじもじとし始めた。

「け、携帯教えて？　ほ、ほら！　わざわざ捜して回るのもおかしいし、恥ずかしいし……。どんな関係か聞かれるとか、ありえ、ないし」

俺を捜していたという事実が耐えがたいほどに恥ずかしかったせいなのか、思い出したように顔を赤らめる。俺から目を逸らすと、胸の前できゅっと手を組み、そっぽを向いた。そして、ちらっと窺うように俺を見る。

「まぁそれは別にいいけどよ……」

言って携帯電話を取り出す。すると、由比ヶ浜もなんかキラキラデコデコした携帯電話を取り出した。

「……何その長距離トラックみてぇな携帯」

「え？　可愛くない？」

由比ヶ浜は安っぽいシャンデリアじみた携帯電話をぐいと見せつけてくる。そのたびに変なキノコのぬいぐるみみたいなストラップがふらふらと揺れて超絶鬱陶しい。

「わかんねぇ。ビッチの感性わかんねぇ。なに、お前ヒカリモノ好きなの？　カラスなの？　それとも寿司通なの？」

「はぁ？　寿司⁉　ていうかビッチ言うなし」

由比ヶ浜は鵺かなんかを見る目で俺を見る。

「比企谷。さすがにヒカリモノだからといって高校生には通じないと思うぞ。ネタのチョイスが間違っているな。……寿司だけに」

きらっと目を輝かせた平塚先生にダメ出しされていた。いや、その「今うまいこと言った！」みたいな顔がちょっとウザいんですけど……。

「この可愛さが伝わらないとか、目が腐ってるんじゃないの？」

『目の腐り方に定評のある比企谷』が定着しそうな勢いだ。まぁ、もう諦めたからいい。

「まぁいいや。赤外線使えるよね？」

「いや、俺スマートフォンだから赤外線ついてない」

「えー、じゃあ手打ち？　……めんどっ」

「そういう機能は俺には必要ねぇんだよ。だいたい携帯嫌いだしな。ほれ」

俺が携帯電話を差し出すと由比ヶ浜はそれをおずおずと受け取る。

「あ、あたしが打つんだ……、いいんだけどさ。ていうか、迷わず人に携帯渡せるのがすごいね……」

「いや、見られて困るもんないからな。妹とアマゾンとマックからしかメール来ないし」

「うわぁ！　ほんとだ！　しかもほぼアマゾン!?」

ほっとけ。

由比ヶ浜は俺から受け取った携帯にもの凄い速さでぽちぽちと何か打ち込み始める。トロ臭そうな見た目とは裏腹に機敏な動きだ。今日から指先アイルトン・セナと呼ぶことにしよう。

「打つの速ぇな……」

「んー？　別に普通じゃん？　ていうか、ヒッキーの場合、メールする相手いないから指が退化してるんじゃないの？」

「失礼な……。俺も中学のときは女子とメールくらいしてたぞ」

俺がそう言うと、由比ヶ浜はゴトッと携帯電話を取り落とした。おい、それ俺の俺の。

「嘘……」

「ねえ、お前今酷いリアクションしてることに気づいてる？　気づいてないよね？　気づけ」

「……あー。や、ヒッキーが女子とっていうのが想像できなくて……」

たははと誤魔化すように笑いながら由比ヶ浜は取り落とした携帯電話を拾う。

「ばっかお前。俺なんてほんとアレだぞ、ちょっとその気になればなんてことないぞ。クラス替えで皆がアドレス交換してるときに携帯取り出してきょろきょろしてたら、『……あ、じゃ、じゃあ、こ、交換しよっか？』って声かけられる程度にはモテたといっていいな」

「じゃあ……、か。優しさはときどき残酷ね」

雪ノ下が温かな微笑みを浮かべた。

「憐れむなよ！　そのあとはちゃんとメールしたし」

「……その子はどんな感じの子だったの？」

由比ヶ浜は携帯電話に視線を落として気のないような感じで聞いてきた。だが、不思議なことに高速で動いていた指先はすっかり鳴りを潜めてピクリともしない。

「そうだな…。健康的で奥ゆかしい感じだったな。なんせ、夜七時にメールを送れば次の日の朝に返ってきて『ごめん、寝てたー。また学校でねー』とか返ってくるくらい健康的だし、そのくせ教室では恥ずかしがって話しかけてこないほど慎ましくお淑やかだった」

「う、それって……」

由比ヶ浜が嗚咽を抑えるように口に手をやり、ぶわっと涙を流した。

その言葉の先を言われるまでもない。しっかりと自分で気づいている。

「寝たふりをしてメールを無視していたのね。比企谷くん、真実から目を背けないで。きちんと現実を知りなさい」

なんで言っちゃうんですか雪ノ下さん。なんでそんなに勝ち誇った顔で言うんですか雪ノ下さん。

「……現実とか超知ってるっつーの。知りすぎてそろそろ比企ペディアとか作れるレベルだ」

やー、はははははっ、懐かしいなー。若気の至りと言うのかなー。あのころの俺は純真だったなー。

まさか同情でアドレス聞かれて、お情けでメール返してもらっていたなんて疑ってなかったんだから。結局二週間、何度かメールはするものの、あっちからは一度も送られてこないことに気づいてメールするのはやめた。

『なんか比企谷からメールくるんだけど～、マジキモいから勘弁』

『あいつ絶対かおりのこと好きだよ～』

『ええ～、絶対むりむり！』

とか女子の間でそんな会話があったのかと想像するとそれだけで死にたくなる。もうほとんど好きになってたのに！

絵文字とか一生懸命使ってた俺が可哀想すぎる。ハートとか使うと気持ち悪いかなーなんて思ってキラキラとか太陽とか音符とか使ってさ……思い出しただけで悶絶するわほんと。

「比企谷……。じゃ、じゃあ私ともアドレス交換するか？　私はちゃんとメール返すぞ？　寝たふりとかしないぞ？」

言いながら平塚先生は由比ヶ浜の手から俺の携帯を受け取ると自分のアドレスを打ち込み始める。怒濤の勢いで同情されていた。

「いや、その優しさいらないです……」

何が悲しゅうて先生とメールせなあかんのじゃ。それ母ちゃんが毎年バレンタインのチョコくれるのと意味合い的に変わんねぇだろ。

なんだこの憐れな感じ。こういうときは雪ノ下の無関心さが逆にありがたい。

結局、二人分のアドレスが追加された携帯電話が俺の手元に返ってきた。ただ単にデータが追加されただけで重量が変わるはずもないのに、心なしか重く感じる。

これが絆の重み、か。……軽いなぁ。数ＫＢにも満たないデータに必死になって縋っていた昔の自分が滑稽ですらある。きっと俺がこのメモリを使うことはないだろうなと思いながらも、電話帳を開いてみた。すると、そこには……

☆★ゆい★☆

と、書かれた名前がある。おい、これ五十音順だとどういう並びになるんだよ。あと、どう見てもスパムメールの差出人っぽい。

このビッチ臭さがとても由比ヶ浜らしかった。俺は見なかったことにして携帯をしまう。

雑用のほうはさくさく進めたおかげでもう残り数枚程度になっていた。それらをさっさと片付けていく。

それを横目に見ながら平塚先生が、んんっと咳払いをした。

「比企谷。もういいぞ。手伝い助かった。行きたまえ」

こちらを見ず、咥えた煙草にしゅぼっと火をつけてそう言った。さっきの同情が尾を引いているのか、平塚先生はやけに優しい。むしろこんな態度でも優しさが伝わるとか、普段どんだけ優しくないいんだよこの人。

「うす。んじゃ部活行きます」

床に転がしてあった鞄を拾い上げて右肩に引っかける。中に入っているのは今日部室で読むために持ってきたマンガと中間試験の勉強用に数冊の教科書。

またいつもと同じように、相談者なんか来ない暇な時間を過ごすのだろう。

俺が歩き出すとそのあとを由比ヶ浜がついてくる。こいつらが迎えに来てなきゃとっとと帰ってるんだが……。

扉の近くまで行くと、背中に声がかけられた。

「ああ、そうだ。比企谷。伝え忘れていたが今度の職場見学、三人一組で行くことになる。好きな者たちと組んでもらうからそのつもりでいたまえ」

な、なんだと……。

それを聞いて俺はがくりと肩を落としてしまった。

「……なんてこった。クラスの奴が俺んちに来るなんて絶対に嫌だ……」

「あくまでも自宅へ職場見学するつもりなのか、君は……」

平塚先生は俺の強い意志を目の当たりにし、戦慄の表情を浮かべる。

「てっきり『好きな奴と組め』というのを嫌がると思ったのだがな」

「はっ、何を馬鹿なことを」

俺は振り返ると同時にさっと髪を掻き上げた。そして、くわっと目を見開き、目力全開で平塚先生に眼差しを向けた。ついでに歯も輝かせた。

「孤独の痛みなんて今さらなんてことないですよ！　慣れてますから！」

「かっこ悪……」

「ばか、ばっかお前、ヒーローはいつだって孤独なんだよ。それでもヒーローかっこいいだろうが。つまり『孤独＝かっこいい』なんだよ」

「そうね、愛と勇気だけが友達、と言っているヒーローもいるものね」

「だろ？　っつうかお前よく知ってんな」

「ええ、興味深く思っているわ。幼児たちが愛も勇気も友達なんかじゃないと気づくのはいつなのかしらね」

「なんだその歪んだ興味……」

だが、しかし、雪ノ下の言うとおり、愛も勇気も友達なんかではない。綺麗な言葉の粉砂糖でまぶしただけの偽りの虚像だ。あれの本質は欲望と自己満足にほかならない。従って友達なんかではない。ついでにボールも友達ではない。

優しさも同情も、愛も勇気も友達も、ついでにボールも俺には不要だ。

×　×　×

特別棟の四階、東側。グラウンドを眼下に望む場所にその部室はある。

開け放った窓から入り込むのは青春の音楽。

部活動に励む少年少女たちの声が木霊し、金属バットが鳴らす音や高らかなホイッスルと混じりあい、そこへ吹奏楽部のクラリネットやトランペットが華を添えた。

そんな素敵な青春ＢＧＭを背負いながら、俺たち奉仕部が何をしているかといえば、何もしていない。

俺は妹から借りた少女マンガを読み、雪ノ下は革のカバーがかけられた文庫本に目を落とし、由比ヶ浜は気だるげに携帯をポチポチしていた。

相変わらず〇点の青春である。

部室でダラダラしている、なんていうのはどこの部活でもあるだろう。うちのラグビー部の部室なんて雀荘と化しているらしく、練習前練習後には半荘やるのが通例となっているんだそうだ。そのため、翌朝には教室や廊下でラグビー部員が部円（ラグビー部内でのみ流通している通貨。決して現金ではない。日本円にとてもよく似ているのが特徴）がやり取りされている光景が見受けられる。

俺からすると、ただの部室麻雀でしかないのだが、それは彼らにとってみれば立派なコミュニケーションであり輝かしい青春の一ページなのだろう。

果たして彼らの中でどれだけの者がもともと麻雀のルールを知っていただろうか。俺のように津田沼のＡＣＥで延々上海と脱衣麻雀をやっていた者は多くないはずだ。彼らはきっと仲間に入れてもらうために勉強し、ルールを覚えたに違いない。ちなみに上海は麻雀牌を使うゲームだが麻雀のルールとは一切関係ない。つまり脱衣麻雀こそルールを覚える唯一の手だ。人は、おっぱいのためになら本気になれる。

そうやって共通言語を持つことこそが友達になるためには必要不可欠なのだ。

かつての由比ヶ浜結衣などその典型だろう。

そんなことを考え、俺は少女マンガが翌朝チュンチュンしているのを確認し終えてから、由比ヶ浜へ視線を向けた。見れば、由比ヶ浜は携帯片手に曖昧な笑みを浮かべて、うっすらと誰にも聞こえないような、けれども深い深いため息をついていた。息を吐く音は聞こえないが胸が大きく上下したのでその深さに気づいてしまう。

「どうかしたの？」

そう声をかけたのは俺ではなく、雪ノ下だった。視線は変わらず文庫本へと向けられているのに、由比ヶ浜のおかしな様子に気づいたらしい。それともため息が聞こえたのだろうか。さすがはデビルマン、デビルイヤーは地獄耳である。

「あ、うん……何でもない、んだけど。ちょっと変なメールが来たから、うわって思っただけ」

「比企谷くん、裁判沙汰になりたくなかったら今後そういう卑猥なメールを送るのはやめなさい」

内容がセクハラ前提で、しかも犯人扱いされていた。

「俺じゃねぇよ……。証拠はどこにあんだよ。証拠出せ証拠」

俺が言うと雪ノ下は勝ち誇った顔で肩にかかった髪をさらっと掻き上げた。

「その言葉が証拠といってもいいわね。犯人の台詞なんて決まっているのよ。『証拠はどこにあるんだ』『大した推理だ、君は小説家にでもなったほうがいいんじゃないか』『殺人鬼と同じ部屋になんていられるか』」

「最後、むしろ被害者の台詞だろ……」

死亡フラグもいいところである。俺に言われてから雪ノ下は「そうだったかしら」と首を捻ってぱらぱらぱらと文庫本をめくる。どうやら推理小説を読んでいたらしい。

「いやー。ヒッキーは犯人じゃないと思うよ？」

由比ヶ浜が遅まきながらそう言うと、文庫本をめくっていた雪ノ下の手がぴたりと止まった。目だけで、「証拠は？」と問うている。おい、そんなに俺を犯人扱いしたいのかよ。

「んー、なんちゅうかさ、内容がうちのクラスのことなんだよね。だから、ヒッキー無関係っていうか」

「俺も同じクラスなんですけど……」

「なるほど。では、比企谷くんは犯人じゃないわね」

「証拠能力認めちゃったしよ……」

こんにちは、二年F組比企谷八幡です。

思わず、心の中で自己紹介してしまうくらいに俺は傷ついた。だが、犯人扱いからは逃れられたので良しとしよう。

「……まぁ、こういうのときどきあるしさ。あんまり気にしないことにする」

そう言って由比ヶ浜は携帯をぱたんと閉じた。その様はまるで自分の心に蓋をするかのような、そんな重々しさがあった。

ときどきある、と由比ヶ浜はそう言うが、ちなみに俺にその手のメールが来たことはない。

……友達いなくてよかったナ！

いや、しかし真面目な話、友達が多い人間というのは、いつもこの手のどこかドロドロとしたものと向き合わなければならない。実に大変そうである。その点、俺クラスともなるとそうした俗世の汚辱に塗れた観念から解き放たれており、仏教的に考えたら俺マジ釈迦。偉い。

由比ヶ浜はそれきり携帯に触ろうとはしなかった。

そのメールがどんな内容であったかは推測するほかないが、おそらく愉快なものではないはずだ。ましてや由比ヶ浜はアホであり、直情径行型のお馬鹿さんであり、俺や雪ノ下を気にかけてしまうようなお人好しなので変に気に病む部分もあるのだろう。

それを無理矢理振り払うように由比ヶ浜は椅子を後ろに仰け反らせながら大きく伸びをした。

「……暇」

暇つぶしアイテムである携帯電話が封じられたことにより、由比ヶ浜はだらーっとだらしなく椅子の背もたれに寄りかかる。そうしているとやたらに胸が強調されて目のやり場に困るので、目のやり場に困らない雪ノ下の胸元に視線を運ばざるを得ない。

安心安全の胸元、絶壁を誇る雪ノ下は文庫本を閉じてから、由比ヶ浜に諭すように言う。

「することがないのなら勉強でもしていたら？　中間試験まであまり時間もないことだし」

そう言うものの、雪ノ下には全然逼迫した様子がない。超他人事っぽい口ぶりだ。だが、それもそのはず、雪ノ下にとって中間試験などルーティンワークでしかない。こいつはおよそテストと呼べるテストすべてで学年首位を取るような女だ。今さら中間試験程度で動揺はしないのだろう。

由比ヶ浜もそのことは知っているのか、むむっと少しばかり気まずそうに視線を逸らしてもにょもにょと口の中だけで喋る。

「勉強とか、意味なくない？　社会に出たら使わないし……」

「出た！　バカの常套句！」

あまりにも、あまりにも予想通りの回答にむしろ逆に驚いて声に出してしまった。おい、マジかよ、今日日高校生でそんなこと言う奴いんのかよ。

バカと言われていささかムッとしたのか、由比ヶ浜は躍起になって反論してくる。

「勉強なんて意味ないってば！　高校生活短いし、そういうのにかけてる時間もったいないじゃん！　人生一度きりしかないんだよ？」

「だから、失敗できないんだけどな」

「超マイナス思考だ！」

「リスクヘッジと呼べ」

「あなたの場合、高校生活全部失敗してるじゃない……」

そうでした。全然ヘッジできてなかった。おいマジかよ。俺の人生詰んでるのか。英語で言えばチェックアウトなのか。ホテルかっつーの。

「というか、失敗なんてしてねぇ……。ちょっと人と違うだけだ。個性だ！　みんな違ってみんないいんだ！」

「そ、そう！　個性！　勉強が苦手なのも個性!!」

二人そろって、バカの常套句その二が出てきた瞬間だった。しかし、個性って本当に便利な言葉ですねぇ。

「金子みすゞが聞いたら怒るでしょうね……」

雪ノ下はため息をつきながら額に手を当てる。

「由比ヶ浜さん。あなた、さっき勉強に意味がないって言ったけどそんなことはないわ。むしろ、自分で意味を見出だすのが勉強というものよ。それこそ人それぞれ勉強する理由は違うでしょうけれど、だからといってそれが勉強すべてを否定することにはならないわ」

正論、である。それも大人の綺麗事といっていい。だから、その言葉は大人同士であってはじめて通じる。「勉強とはいったいなんであったか」という過去を振り返る視点でものを語ったときにのみ出てくるものだ。故に、今現在大人になりかけの者には通じない。

実際、その結論に至り、またかっこつけでもなんでもなく、真摯にそう思っているのは雪ノ下くらいだろう。

「ゆきのんは頭いいからいいけどさ……。あたし、勉強に向いてないし……周り、誰もやってないし……」

その小さな声に雪ノ下の目が急に細くなる。一気に気温が下がったかのような静けさを感じ、由比ヶ浜もはっとなって口を噤む。以前、雪ノ下にきついことを言われたのを思い出したらしい。全力で自分のフォローに入る。

「や、ちゃ、ちゃんとやるけど！　……そ、そういえば！　ヒッキーは勉強してるの⁉」

おおっ、雪ノ下に怒られる前に躱した。俺に矛先を向けることで逃げ切ろうという算段らしい。でも残念でした。

「俺は勉強してる」

「裏切られたっ！　ヒッキーはバカ仲間だと思ってたのに！」

「失礼な……。俺は国語なら学年三位だぞ……、ほかの文系教科も別に悪くねぇ」

「うっそ……、全然知らなかった……」

ちなみにこの学校、テスト結果を貼り出したりはしない。本人にひっそりと点数と順位が返ってくるだけである。従って、人づてに誰かの順位を知ることになるのだが、俺にはその伝手がないから俺の順位は知られていなかったりする。だいたい誰も俺に順位とか聞いてこない。もちろん順位以外のことも聞いてこない。

「も、もしかして、ヒッキーって頭いいの？」

「さほどよくないわよ」

「……なぜお前が答えた」

そりゃ雪ノ下に比べればちょいとばかり点数は足りないかもしれないが、それでもいいか悪いかでいったらいいほうだ。だから、この中では由比ヶ浜がダントツにお馬鹿さんである。

「うぅー。あたしだけバカキャラだなんて……」

「そんなことないわ、由比ヶ浜さん」

冷静な声ながらも雪ノ下の表情には温かみがあり、その瞳にははっきりとした確信の色がある。それを聞き、由比ヶ浜はぱあっと顔を明るくする。

「ゆ、ゆきのん！」

「あなたはキャラじゃなくて真性のバカよ」

「うわーん！」

ぽかぽかと雪ノ下の胸元を叩く由比ヶ浜。それを実に面倒臭そうに受け止めながら雪ノ下は短いため息をついた。

「試験の点数や順位程度で人の価値を測るのがバカだと言っているのよ。試験の成績は良くても人間として著しく劣る人もいるわ」

「おい、なんで今俺見たんだよ」

ちらりとどころかまじまじと見つめられてしまった。

「一応言っておくが俺は勉強好きでやってるんだからな？」

「へぇ……」

「勉強くらいしかすることなかったのよね」

驚く由比ヶ浜にいちいち一言多い雪ノ下。思わず顔がひくっと引き攣ってしまった。

「まぁな、お前と一緒でな」

「……否定はしないけれど」

「そこは否定しようよ！　なんだかあたしが悲しくなってきちゃったよ！」

雪ノ下は平然としていたが、感情移入してしまった由比ヶ浜が切ない声を上げる。雪ノ下の心の傷を慮りでもしたのかがばっと抱きついた。「……暑苦しい」と迷惑げな顔をする雪ノ下の言葉を一切聞かず、由比ヶ浜はひしっと抱きついている。ちょっと！　ぼくもぼくも！ぼくも勉強くらいしかすることないですよ！　がばっとひしっとなんで来ないんだよ。や、来られても困るんですけどね。

しかし、あれだ。なんだって彼ら彼女らリア充というものは距離を近くとるんだろうな。スキンシップが自然というか、お前アメリカ人かよというか。ツッコミで人の頭を叩くとか何かあったときに抱きつくとかそういう行動が実にスマートだと思う。あいつらエヴァに乗ったら絶対ATフィールド発動できねぇぞってくらい心の壁がない。

由比ヶ浜は雪ノ下の頭を抱えたまま、その頭を撫でるようにしてふと口を開いた。

「でもさぁ、ヒッキーが勉強頑張ってるのってなんか意外だよね」

「いや、ほかの連中も進学希望ならもうこの時期勉強してるんじゃねぇの。夏休み入ったら夏期講習とか行く奴もでてくるだろうし」

この千葉市立総武高校は進学校である。従って、大学進学率もかなり高い。意識の高い連中

なら二年の夏休みあたりからはもう受験のことを考えているはずだ。そろそろ津田沼の佐ゼミに行こうか西千葉の川合塾現役館に行こうか、それとも稲毛海岸の東新に行こうかと悩み始める頃合いだろう。

「それに、あれだ。俺は予備校のスカラシップ狙ってるしな」

「……すくらっぷ？」

「それなら狙わなくても今現在で充分よ。生ける産業廃棄物みたいなものじゃない、あなた」

「なんだ雪ノ下、今日は優しいな。てっきり生きることすら否定されると思ってたぞ」

「卑屈さもそこまでいくといっそ清々しいわね……」

雪ノ下はこめかみのあたりを押さえて、苦い表情をする。

「ねぇねぇ、すくらっぷって何？」

スクラップのほうすら知らないのか、由比ヶ浜は話についてきてなかった。えぇー、マジっすか由比ヶ浜さん。

「スカラシップというのは奨学金のことよ」

「最近の予備校は成績がいい生徒の学費を免除してるんだよ。つまり、スカラシップ取って、さらに親から予備校の学費を貰えばそれがまるまる俺の金になるわけだ」

これを思いついたとき、俺は軽く小躍りした。部屋の中でブレイクダンスして妹に白い目で見られたくらいだ。

俺自身明確な目的を持って勉強に励むことができるし、親も投資した額に見合った成果が出ていれば安心する。ついでに俺にはお金が手に入る。素晴らしい妙案である。

だが、女子二人は揃って微妙な表情をした。

「詐欺じゃん……」

「結果的に授業の履修はできるわけだから、ご両親も損をしているとは言い切れないし、予備校側もスカラシップ生が入ってきているだけだから問題ないわ。絶対的に詐欺と言い切れないのがこの男の性質の悪いところよね」

散々な言われ方をしている。い、いいじゃないかよう。誰も傷つかない優しい嘘をついているだけじゃないかよう。

「進路、かぁ……」

そう呟いて由比ヶ浜はちらっと俺のほうを見た。そして、なお一層強い力で雪ノ下の袖をきゅっと摑む。その勢いに驚いたのか、雪ノ下が少し心配げに由比ヶ浜の顔を覗き込んだ。

「……何かしら」

「あ、ううん、なんでもない、ことはないか……。二人とも、頭いいからさ、卒業したら、会うこととかなさそうだな、ってちょっと考えちゃって」

言ってから、たはーと誤魔化すように由比ヶ浜は笑う。

「そうね……比企谷くんなんて絶対に会わないわね」

雪ノ下は若干の微笑みを湛えて言ったが、俺は無言で肩を竦めるだけだった。何も言い返さない反応を怪訝に思ったのか、雪ノ下は物を問うような視線を投げかけてくる。なんでもねぇよ。たぶん、お前の言う通りさ、雪ノ下。

いや、世の中にはいるのだ。同じ中学の奴らがいないところへ行こうと決めて、必死で勉強して、県下有数の進学校に合格した奴が。過去を切り捨てて、同級生とは二度と会わないと決めた奴が。そういう奴がいる以上、由比ヶ浜の懸念はまず間違いなく当たるだろう。

同じカテゴリに属し、恒常的にコミュニケーションを交わしているからこそ、その親密性は保たれる。そうしたシチュエーションに依存して人の関係性はようやく接続できるのだ。

だからそれを断ってしまえば人はいつだって一人になれる。

それこそ、電話やらメールやらでしか繋がらない、あるいは繋がれなくなる。それを人は友情と呼ぶのだろうか。きっと呼ぶのだろう。だから、みんな携帯電話にすべてを託し、友達の数と電話帳の登録数をイコールで換算する。

由比ヶ浜はその携帯電話を握り締めながら、雪ノ下に笑顔を向ける。

「でも、携帯あるしそんなことないよね。いつでも連絡取れるし！」

「だからといって、毎日メールをしてくるのはやめてもらいたいのだけど……」

「ええっ⁉　や、やなの……？」

「……、ときどき非常に面倒くさいわ」

「この正直者！」

……こいつら仲良いな、しかし。いつの間にメールのやり取りする仲になったんだよ。にしても、雪ノ下がメールというのも想像がつかない。

「毎日メールってお前ら何をそんなやり取りすることがあるわけ？」

「えっと……。『今日シュークリーム食べたよ☆』とか」

「『ゆきのん、シュークリーム作れる⁉　今度ほかのお菓子も食べてみたいんだけど！』とか」

「『そう』とか」

「『了解』とか」

「雪ノ下、返信が雑すぎるだろ……」

「それ以外の情報なんて必要ないでしょう」

雪ノ下はふいっと視線を逸らして不満げに言う。その気持ちがわかってしまうのが悲しい。

いや、ほんとさ、ああいう雑談的なものって何話せばいいんだろうな。会話の基本は天気とかいうけど、「晴れですね」「そうですね」で終わっちゃうじゃねぇか。電話口で無口になった瞬間とか「あ、今、天使が通った。うふふ」ってレベルじゃねぇぞ。

「携帯電話ねぇ……。そんなに頼りにならんだろ。これもかなり不完全なコミュニケーション手段だと思うけどな」

携帯電話ってやつはある種、ぼっちを加速させるデバイスだと思うのだ。電話が来ても放置とか着信拒否とかできるし、メールも返さなきゃそのままだ。人間関係を取捨選択できてコミュニケーションが気分次第でオンオフできる。

「そうね。メールを返すのも電話を取るのも受け手側に一任されるものね」

俺の何気ない呟きに雪ノ下はこくりと頷いた。見た目だけは良い雪ノ下のことだ。それこそ、いろんな人間からアドレスやら番号やらを聞かれたことだろう。

俺だって、純粋だった中学生の頃は勇気を出して可愛い女子にアドレスを聞いたことくらいある。そのたびに『ごめん、今電池切れてるんだよねー。あとでこっちからメールするね』と言われたものだ。俺のアドレス教えてないのにどうやって送るつもりなのか不思議。未だに待ってるんだけど……。

「それに、本当に嫌なメールは無視してしまうし」

雪ノ下がぽつりと付け足したように漏らした言葉に、由比ヶ浜が顎に人差し指を当てて「んんっ？」と小首を傾げる。

「じゃあ……、あたしのメールは嫌じゃないってこと？」

「……嫌とは言っていないわ。面倒なだけ」

まじまじと顔を覗き込む由比ヶ浜からそっと目を逸らして赤い顔をする雪ノ下。ちょっと可愛らしい反応だが、俺が無関係なので超どうでもいい。

そんな雪ノ下の様子に「くはぁー」とか言いながら由比ヶ浜は飛びつく。雪ノ下はぶすっと不機嫌そうな表情で顔を背けて、なすがままになっていた。俺が無関係なので超どうでもいい。

「そっか、でも携帯ってそんなカンペキじゃないんだ」

由比ヶ浜は、その絆がいかに希薄なものかを痛感したようにきゅっと雪ノ下の身体を掴む。

「あたし……、ちゃんと勉強しようかな。…………同じ大学行けたら素敵だし」

小さな声でそう言って由比ヶ浜は視線を床に落とす。

「ゆきのんって大学とか決めてるの？」

「いえ、まだ具体的には。志望としては国公立理系だけど」

「頭いい単語が出てきた！　じゃ、……じゃあヒ、ヒッキーは？　つ、ついでに聞くけど」

「俺は私立文系だ」

「それならあたしでも行けるかも！」

由比ヶ浜の顔に笑みが戻る。おい、なんだその反応。

「言っておくが、私立文系ってバカってことじゃねぇぞ。全国の私立文系さんに謝れよ。だいたい俺とお前じゃレベルが違うだろ」

「うっ……。だ、だから頑張るんだってば！」

由比ヶ浜は雪ノ下から離れると大声で宣言した。

「と、いうわけで。今週から勉強会をやります」

「……どういうわけ？」

「テスト一週間前は部活ないし、午後暇だよね？　ああ、今週でも火曜日は市教研で部活ないからそこもいいかも」

雪ノ下の疑問は一切無視し、由比ヶ浜はてきぱきと段取りを始める。しかし、それにしても市教研とか中学生ぶりに聞いた単語だ。市教研とは市の教育研究会のことで教師連中はこれに参加しなければいけないため、短縮授業になったり部活動が休みになったりする。

まぁ、由比ヶ浜の算段はわからなくはない。国公立理系志望で学年一位の雪ノ下、そして国語学年三位の俺がいればテスト前はかなり心強いはずだ。なおかつ、アホな妹がいる俺は教えることに関してはちょっと自信がある。成果が出ないのは妹がアホだからである。

ひとつ問題があるとすれば、俺はそれに協力する気がないことだ。

何が嫌かって、俺は自分のプライベートタイムを奪われるのが一番嫌なのである。体育祭の後の打ち上げとか断るレベル。さ、誘われないからじゃないぞ！　時間というのは有限のリソースであり、それをほかの誰かのために割くのはなかなかの苦痛なのだ。

「あー……」

なんと言って断ろうか。そう思っているうちに話はあれよあれよと進んでいく。

「じゃあ、プレナのサイゼでいい？」

「私は別に構わないけれど……」

「由比ヶ浜、その、なんだ」

早く言わなければ決定事項になってしまう！　はっきりと断ろう、そう思ったところを遮(さえぎ)られた。

「ゆきのんと二人でお出かけって初めてだね！」

「そうかしら」

…………………。

俺、最初から誘われてなかった。

「ヒッキー、なんか言った？」

「い、いや……。頑張ってください」

一人で勉強したほうが効率良いと思うけどネ！　……絶対負けねぇ。

yui's mobile

FROM ☆★ゆい★☆: 18:21

TITLE nontitle

おつかれ〜ヾ(*・ω・)ノ°+.°
世界史のテスト勉強もう
やった?! あたし絶対無理
無理だあ(>_<)
どこ出ると思う??
もう時間ないからヤマは
るしかないんだけど……
教えてほしいデス☆

FROM ☆★ゆい★☆: 18

TITLE Re2

……なんでヒッキー怒ってんの
(´・ω・`)?

FROM ☆★ゆい★☆: 18:31

TITLE Re4

絵文字か顔文字使わないと怒ってるように見えるし
(`・ω・´)!

FROM ☆★ゆい★☆: 18:32

TITLE Re6

ヒエログリフってなに(´・ω・`)?

hachiman's mobile

FROM 八幡 18:29
TITLE Re
世界史は範囲広いからヤマ張っても当たらねぇし意味ねぇよ。範囲広い分論述系は出ない。
年表に載ってる用語だけ抑えてあと暗記。

FROM 八幡 18:30
TITLE Re3
は？ 別に怒ってねぇよ

FROM 八幡 18:32
TITLE Re5
どんな文化だよ。
古代エジプト人？
そんなヒエログリフみてぇなの使わねぇよ

FROM 八幡 18:33
TITLE Re7
世界史試験範囲だろ……

2

きっと、比企谷小町は大きくなったらお兄ちゃんと結婚する。

と俺は思っている。

中間試験二週間前。善良なる高校生男子たるもの、学校帰りにファミレスに寄って勉強をするものだ。それも市教研の日は学校も早く終わり、部活もないのでもってこい。

ひたすらに英単語を書き写すだけの簡単な作業。それはまるでかつての高僧、親鸞のようですらある。ちなみに親鸞は「他力本願」という教えを説いた人でとても偉い。俺もその考えに深い感銘を受け、誰かに養ってもらおうと考えている。仏教的に考えて俺マジ親鸞。

範囲分の書き取りを終え、ココアでも飲んでから赤シートで隠してチェックするか、とカップを持って立ち上がったときである。

「ゆきのん、サイゼじゃなくてごめんね。ミラノ風ドリアはまた今度だね。あ、あとディアボラ風ハンバーグがおすすめだったんだけど……。」

「私は別にどこでも構わないわ。やることは同じだもの。……それにしても、ハンバーグってイタリア料理だったかしら」

聞き覚えのある声がした。

「あ！」

「……あら」

「げ」

三人とも顔を見合わせて固まる。なんだ、蛇(へび)・蛙(かえる)・ナメクジか。何というか、高確率で俺がナメクジな気がする。

入り口から入ってきたのは制服姿の雪ノ下雪乃(ゆきのしたゆきの)と由比ヶ浜結衣(ゆいがはまゆい)。残念ながら俺の部活メイトである。ちなみに部活メイトとは文科系部活動の部員たちを指す言葉で、今勢いで初めて使ってみた。

「ヒッキー、ここで何してんの?」

「や、勉強だけど……」

「おお、奇遇。やー、あたしとゆきのんも勉強をしにちょっとここまで……じゃ、じゃあ、一緒に勉強会、する?」

由比ヶ浜は俺と雪ノ下の顔を交互に見ながら言った。

「俺は別にいいけど。まぁ、やることは同じだしな」

「……そうね。することに変わりはないし」

俺と雪ノ下の言ってる内容が珍しくかぶった。俺たちの言葉に由比ヶ浜は一瞬「ん?」と小首を捻(ひね)ったが、受け流すことにしたのか「じゃ、決まりー」と俺の座っていたテーブルへと駆け寄った。

追加のドリンクバーを注文して、新たな飲み物を取りに行くと、雪ノ下がしげしげとドリンクサーバーを眺めている。コップを右手に、左手に何故か小銭を持っていた。

「……ねえ、比企谷くん。お金はどこに入れるのかしら？」

「は？」

マジすか。雪ノ下さん、ドリンクバー知らんとですか。どんな超上流階級で育ったんすか。

「や、お金かかんないから。何、その……ビュッフェスタイル？　あれのドリンク版」

「……日本って豊かな国よね」

ふっとどこか陰った笑みを浮かべ、よくわからない感想を言いながら雪ノ下は俺に順番を譲った。そして、俺がドリンクを注ぐ様子を真剣な眼差しで見つめる。俺がボタンを押し、ごーっと音を立ててコーラがコップに満ちる様子をキラキラした目で見ていた。

…………。念のため、ついでに、俺がカップをエスプレッソマシンにセットし、ココアのボタンを押すと、「なるほど……」と小声で漏らした。

危なっかしい手つきながらも雪ノ下がお目当てのドリンクを手に入れて、三人揃って席につく。いよいよ勉強会の始まりである。

「んじゃ、始めよっか」

由比ヶ浜の開会の合図とともに、雪ノ下はヘッドホンを取り出すとすちゃっと装着する。俺はそれを横目に見ながらイヤホンを嵌めた。

それを見て、由比ヶ浜が驚愕の表情をした。

「はぁ!? なんで音楽聴くのよ!」

「や、勉強のときは音楽聴くだろ。雑音消すために」

「そうね、その音楽が聴こえなくなると集中しているいい証拠になってモチベーションが高まるし」

「そうじゃないよ! 勉強会ってこうじゃないよ!」

ばんばんとテーブルを叩いて由比ヶ浜は抗議する。すると、雪ノ下は顎に手をやり、考え込むしぐさをした。

「……じゃあ、どんなのが勉強会なの?」

「えっと、出題範囲確認したり、わからないとこ質問したり、……まぁ、休憩も挟んで、あとは相談したり、それから、情報交換したり。たまには……雑談もするかなぁ?」

「ただ喋ってるだけじゃねぇか……」

勉強会なのに、何一つ勉強してない。むしろ、そんな奴ら邪魔じゃないのか。

「そもそも勉強というもの自体が一人でやるようにできているのよね」

雪ノ下が何か悟ったように言った。これには俺も同意だ。

つまり、ぼっちになると勉強できるよ! ということである。おい、これ新剣ゼミのマンガに書いておけよ。

最初こそ納得のいかない表情を浮かべていた由比ヶ浜だが、俺も雪ノ下もひたすら無言で勉強していると、諦めたのかため息を一つついて勉強を始めた。

そうこうしているうちに五分経ち、十分経ちと時間は経過していく。

ふと二人の様子を見てみると、由比ヶ浜は小難しい表情のまま、手が止まっていた。一方の雪ノ下は黙々と数学の問題を解き続けている。あまりの集中力に声をかけることがためらわれたのか、由比ヶ浜は俺に視線を向けた。

「あ、あのさ……この問題なんだけど……」

俺に聞くのはプライドが許さないのか、えらく恥ずかしそうに由比ヶ浜が聞いてくる。

「『ドップラー効果』か……。俺、理系は捨ててるからよくわからん。代わりに『グラップラー刃牙』なら説明できるんだけどそれじゃダメか？」

「全然ダメだよ！　プラーしか合ってないよ!?」

やっぱりダメか。説明にはちょっと自信があったんだが。

由比ヶ浜は諦めたように教科書とノートを閉じると、ずずーっとストローでアイスティーを飲んだ。空になったグラスを手に立ち上がろうとしたとき、あ、と何かに気づいた声を上げた。

釣られて俺もそちらを見ると、そこには野暮ったいセーラー服を着た、めちゃくちゃ可愛い、美少女がいた。

「妹だ……」

俺の妹の小町（こまち）が楽しそうに笑いながらレジの前に立っている。横には学ランを着た男子。

「悪い、ちょっと」

言って俺は席を立つと、すぐさま後を追いかける。だが、店の外へ出たときには二人の姿は見えなかった。

しぶしぶ店内に戻ると、由比ヶ浜が話しかけてくる。

「あー、えっと、今の妹さん？」

「ああ。何故（なぜ）あいつが男子とファミレスに……」

あまりの衝撃にもう勉強どころではない。俺の妹が知らない男とファミレスにいるなどあってはならないことだ。

「デート中だったのかもねー」

「馬鹿な……、ありえない……」

「そっかなー。小町ちゃん可愛いし彼氏いても普通じゃない？」

「兄の俺に恋人がいないのに妹に恋人がいてたまるか！　兄より優れた妹などいねぇ！」

「頭の悪いことを大声で言わないで。ヘッドホンしてても聞こえたわよ、今」

雪ノ下がヘッドホンを外してこっちを睨（にら）みつける。手にはぴんと張られたコード。これ以上騒ぐと絞殺されそうだった。

「いや、違うんだ。俺の妹が今、正体不明の男に……」

「どう見てもただの中学生じゃん。小町ちゃんのこと心配なのはわかるけどあんまり詮索すると嫌われるよー。最近、うちのパパとか『彼氏いるのか』とか聞いてきてウザいもん」

「ははは。お前の父親はまだ甘いな！ うちなんて妹に彼氏がいないと信じ込んでいるからそんなこと聞きもしないぞ。見てて正直憐れだ。……っつーか、なんでお前妹の名前知ってんの？」

たぶん俺は妹の名前を誰かに言ったことはない。そもそも俺の名前すら知られているか危ういのに、妹の名前のほうが知られているなんてことはないだろう。

「え!? あー、あ、いや、ほら……携帯？ に書いてあった気が……」

由比ヶ浜は何故か視線を逸らしながらそう言った。

ああ、そういえば一度こいつに携帯を渡したことがあったな。そのメールの中にあったかもしれない。

「そういうことか。よかった。妹を愛するあまり無意識のうちに名前を口にしていたシスコン野郎になっちまったのかと思ったぜ……」

「いや、その反応は正直、シスコンだと思うけど……」

由比ヶ浜が半ば引きながらそう言う。

「馬鹿な！ 俺は断じてシスコンなどではない。むしろ、妹としてではなく、一人の女性として……ああ、もちろん冗談です、やめろ、武装すんな」

雪ノ下(ゆきのした)が驚愕(きょうがく)と恐怖の入り混じった目で俺を見て、手にナイフとフォークを持ったあたりで言葉を止めた。最後まで口にしていたら俺の生肉が斬(き)られて刺されていたに違いない。

「あなたが言うと冗談に聞こえないから怖いわ。……そんなに気になるなら家で聞いてみればいいじゃない」

結論めいたことを言い、雪ノ下と由比ヶ浜は勉強に戻る。

だが、俺はそれから勉強が手につかず、小町が「お兄ちゃん」と呼んで俺の後をちょろちょろとついてきたことや、「小町、大きくなったらお兄ちゃんと結婚する！」と言ってそれ以降、親父からの風当たりが強くなったことなどを思い出していた。

まぁ、妹のことなどどうでもいい。

なので、家に帰ってからもそのことは聞かなかった。

べ、別に、詮索すると嫌われるって聞いたからじゃないんだからねっ！

yukino's mobile

FROM 雪乃　21:36
TITLE Re
そう、楽しみにしているわ

FROM 雪乃　21:47
TITLE Re3
慣れてないのよ。
どうでもいいけど、
さっきからそのヒエログリフみたいなのは手で
打っているの?

FROM 雪乃　21:59
TITLE Re5

約1900年ほど前に
廃れたわ

yui's mobile

FROM 結衣 20:22

TITLE nontitle

ゆきのん今日はおつかれ
〜！ヾ(。･ω･)ノ゚漸化式
教えてくれてありがと♪
またサイゼ行こうね!!
ミルクイタリアンジェ
ラートバカうまだから
°*。(*´Д`)。*°

FROM 結衣 21:37

TITLE Re2

でも、コーヒーゼリーのが
上に乗っててお得かもv(>w<*)
ィエイ ってかゆきのん返信遅っ!?

FROM 結衣 21:49

TITLE Re4

出たっ! ヒエロなんとかΣ(･□･) それ流行ってるの(´･ω･`)?

3 いつでも葉山隼人は整えている。

休み時間ほど心休まらない時間もあるまい。

ざわざわと喧噪（けんそう）に満ちた教室。誰も彼もが授業の抑圧から解放されて、友人たちと親しく会話をしながら、放課後の予定や昨日見たテレビ番組の話をしていたりするものだ。飛び交う会話はまるで異国の言葉のようで、耳に届いても意味をなさない。

それが今日はまた一段とにぎやかな気がした。おそらくは、昨日帰りのＨＲ（ホームルーム）で担任が言った「職場見学」のグループ分けの件があるからに違いない。グループと見学場所を決めるのは明後日のＬＨＲ（ロングホームルーム）だというのに、気が早いものだ。

「どこ行く?」という会話はあっても「誰と行く?」という会話にならないあたり、このクラスではほとんどの人間が特定のグループを形成しているということなのだろう。

当然だ。学校という場所は単に学業をするためだけの施設ではない。要するにここは社会の縮図であり、人類全体を箱庭にしたものだ。だから、戦争や紛争があるようにいじめだってあるし、格差社会を引き写したようにスクールカーストだってある。もちろん、民主主義そのままに数の理論が適用されもする。多数派が、友達多い奴が偉いのだ。

クラスメイトの様子を俺は頬杖をついて、半分眠ったような姿勢で眺めていた。睡眠は充分とっているし、眠くなどないのだが、昔から休み時間をこうして過ごしていたため、身体が条件反射で眠ろうとしていた。

うとうとしかけている俺の視界の前で、ひょいひょいと小さな手が振られる。

んっ、なんだぁと顔を上げると、俺の前の席に戸塚彩加が座っていた。

「おはよ」

くすっと微笑むようにして、戸塚は目覚めの挨拶をしてくれる。

「……毎朝、俺の味噌汁を作ってくれ」

「え……ええっ!? ど、どういう……」

「あ、いやなんでもない。寝ぼけてただけだ」

あぶね、うっかりプロポーズしちまったよ。くそ、なんでこいつこんな無駄に可愛いんだよ。男なのに！ 男なのに！ 男だから？ ……毎朝味噌汁作ってくれねぇかなぁ。

「……なんか用か？」

「特に用はないんだけど……。比企谷くんがいるなぁって思ったから……。ダメ、だったかなぁ？」

「いや、そんなことない。むしろ四六時中話しかけてほしいくらい」

というか、もうむしろ四六時中も好きと言ってほしい。

「それだとずっと一緒にいないといけないよ？」

口元に手をあてて戸塚は可笑しそうに笑う。そして、はたと何かに気づいたのか、ぱんと柏手でも打つかのように両の掌を小さく合わせた。

「比企谷くんはもう職場見学の場所決めたの？」

「いや、決めてるっちゃ決めてるが、決めてないっちゃ決めてない」

俺がそう言うとうまく意味が伝わらなかったのか戸塚は小首を捻って下から覗き込むようにして俺の顔を見た。そのしぐさのせいで体操服の襟元から鎖骨がちらりと見えて俺は思わず視線を逸らしてしまう。なんでそんなに肌綺麗なんだよ、ボディソープ何使ってんの。

「あー、つまりどこでもいいんだ、俺は。自宅以外ならどこ行っても同じだ。どれも等しく無価値だ」

「へぇ、比企谷くんはときどき難しいことを言うよね」

何一つ難解なことを言った覚えはないが、戸塚はどこか感心したように相槌を打った。ぴろりろりんとか音がして好感度が上がった気がする。というか、戸塚は何言っても好感度上がりそうなキャラだから逆に怖い。俺が行っちゃいけないルートへ行ってしまいそうで。

「じゃあ……誰と行くかは、もう決めちゃった、かな？」

少しためらいがちに、けれど確かな意志を感じさせる瞳で戸塚彩加は俺の目を見つめてくる。なんだ、今の言い方は。『一緒に行きたいんだけど、もう決めちゃってたら、残念だなぁ』

みたいな意図を孕(はら)んでそうな言葉じゃねぇか。

まさしく不意打ちだった。

その奇襲のせいで、俺の記憶の扉が新聞の勧誘並みの勢いで激しくノックされる。

確か昔もこういうことがあったような……。

そう、それは中学二年生になったばかりのころ、俺がくじ引きで学級委員になっちまったとき、可愛(かわい)い女子が立候補して、その女子が『これから一年間よろしくね』とはにかみながら言い……。

つぁあっ！　あっぶねぇ！　またあの意味が全っ然わかんねぇ思わせぶりな台詞(せりふ)に騙(だま)されて大怪我(おおけが)するところだったぜ！

既にそのパターンは一度味わっている。訓練されたぼっちは二度も同じ手に引っかかったりしない。じゃんけんで負けた罰ゲームの告白も、女子が代筆した男子からの偽のラブレターも俺には通じない。百戦錬磨(ひゃくせんれんま)の強者(つわもの)なのだ。負けることに関しては俺が最強。

ＯＫ。落ち着いた。こういうときはとりあえずオウム返しをするのが一番無難なやり方である。つまり、オ〇ドリルはきっとぼっちの達人。

なので、質問に質問で返すことにした。

「お前は誰と行くか決めたの？」

「ぼ、ぼく？　……ぼくは、もう、決めてる、よ」

急に聞き返して戸惑いでもしたのだろうか、戸塚は頬を赤らめた。少し目を伏せ、俺の反応を窺うようにちらっと俺を見る。

まぁそうだわな。戸塚はテニス部員だし、つまりはそういう特定のコミュニティにきちんと居場所をもっているわけで、必然、そこから派生する繋がりを持っている。そうなればクラスに友達がいて当たり前だろう。

かたや俺の場合、部活に入ってはいるが、あそこはむしろ学校不適合者が集まる隔離病棟だからそこで友達なんてできようはずもない。

「よく考えたら、というかよく考えなくても俺って男子の友達、いないいんだな」

「あ、あの……比企谷くん……。ぼく、男の子、だけど……」

戸塚が小さな声で何か言ったが可愛くてよく聞き取れなかった。

それにしても俺が教室で誰かと会話をしているというのはどうにも奇妙な感覚である。先日のテニスの一件以来、顔を会わせれば二言三言、雑談めいたことをするようになっていた。

果たしてこれは友達だろうか。そういう疑問が出てくる。

ちょっと会話をする程度なら別に知り合いでも、否、知り合いでなくともする。

例えばらーめんなりたけに並んでいるときに「混んでますね」「今日も並んでていやまったく参ります」なんて会話をすることはあるかもしれない。けど、それは友達とは呼ばないだろう。

友達というのは、例えば、

「隼人くん、どこ行くことにしたん？」

「俺はマスコミ関係か外資系企業見てみたいかな～」

「やっべ、隼人マジ将来見据えてるわ。超隼人ぱないわ。いや、でも俺らもやっぱそういう年だし？　最近、親とかガチリスペクトだわ」

「これからは真面目系だよなー」

「うーわー。でも少年の心忘れたらやばいでしょー」

あんな感じのが友達なんじゃないだろうか。あんなどうでもいい会話をさも青春しているかのように、話し合えるのが友達なのかもしれない。俺なら途中で噴き出してしまって絶対無理だ。なんだ親リスペクトって。お前はＪ－ＲＡＰの人かよ。

葉山隼人は相も変わらずいつもの如く、男子三人に囲まれて人好きのする笑顔を浮かべていた。

誰も彼もが気軽に隼人隼人とファーストネームを呼び、葉山もまた気さくに彼らの名前を呼び返す。その一幕は「友達」と呼ぶにふさわしい光景だろう。

だが、「名前を呼ぶ」という行為で友情を感じさせるように振る舞っているように俺には見える。ドラマでもマンガでもアニメでもファーストネームを呼び交わすことが類型化されているが故に、そうしているだけなんじゃないか。そんなんで仲良くなれるかっつーの。

……でも、少し試してみるか。何事も経験である。俺は読んでもいないマンガを酷評したりしない、できた人間なのだ。試しに読んでみてダメダメだったらそれはもうもの凄い勢いで叩くけれども。

実験。ファーストネームで呼び合うことで人間関係は変化するか。

「彩加」

「………」

俺が名前を呼ぶと戸塚は固まった。大きな瞳を二、三回瞬かせて口をぽけっと開けている。

ほら、やっぱり仲良くなんかなれねぇじゃねえか。まぁ普通いきなり下の名前呼ばれればイラッとするもんな。俺だって材木座がいきなり八幡呼ばわりしてきたときはガン無視したし。

要するに、あいつらリア充（笑）はそうやって自分の気持ちに嘘ついて怒りを抑え込んで仲良くしようと振る舞ってるだけなんだ。

とりあえず、戸塚には謝っておくべきだろう。

「ああ、悪い、今のは……」

「……嬉しい、な。初めて名前で呼んでくれたね」

「なん……だと……」

戸塚は少しばかり目を潤ませながらにっこり微笑んだ。おいマジかよ、俺のリアルが充実し始めてるんじゃねぇの。リア充（尊）すげぇな。見直しちゃったよ。

それじゃあ、と戸塚（とつか）が前置きをして、上目づかいで俺を見る。

「ぼ、ぼくも……、ヒッキーって呼んでいい？」

「それはやだ」

なんでそっちなんだよ。その非常に不名誉なイメージが付きまとう呼び方をしてくる奴は今のところ一人しかいないし、これ以上増えられても困る。俺が断固拒否すると、戸塚は幾分か残念そうな表情を作ってから、んんっと喉（のど）の調子を確かめてから再チャレンジした。

「じゃあ……、八幡（はちまん）？」

……。ズキューン！　とかそういう擬音がぴったりだった。

「も、もう三回呼んで！」

俺の無茶苦茶なリクエストに戸塚は戸惑ったような曖昧（あいまい）な笑み（え）を浮かべる。そんな困った顔も可愛い（かわい）とかむしろ俺が困る。

「……八幡」　こちらの反応を窺う（うかが）ように照れながら、

「八幡？」　小首を捻り（ひね）きょとんとした表情で、

「八幡！　聞いてるの!?」　頬（ほお）を膨（ふく）らませてちょっと拗（す）ねたように。

少し怒ったような様子の戸塚を見てはっと我に返る。いかんいかん、あまりの可愛さにうっかり見惚（みと）れていたぜ……。

「あ、ああ。悪い。何の話だったけ」

放心していた俺はそう誤魔化しつつ先ほどの実験結果を頭の中でメモる。

結論。ファーストネームで呼ばれると戸塚が可愛い。

× × ×

グラウンドの喧噪が小さくなると、この部室にも夕日が差し込む。東京湾へと沈みゆく太陽が最後に放つ残照が、高く遠い空にわだかまった夜闇を溶かし始める。

「ふむん……。闇の時間が、始まるか……」

その小さな呟きと共に、少年はぐっと拳を握る。すると、合成皮革製の指ぬきグローブがきゅっと音を立てた。袖口から覗く重量1kgにも及ぶパワーリストをしげしげと眺めて、ため息をつく。

「封印を、外すときが来たようだな……」

その言葉に応える声はなかった。

……この部室、ほかに三人いるのに。

さっきからチラッチラッと俺たちのほうを見ては何か言葉を求めているのは材木座義輝。そして、それを完全に黙殺し読書を続けているのは雪ノ下雪乃。「え、えっと……」と戸惑いながら俺と雪ノ下に助けを求めているのが由比ヶ浜結衣。

「材木座……、なんか、用か？」

俺がそう話しかけると、雪ノ下が深々とため息をつく。それから俺をじろっと睨みつけた。

それはさも「せっかく無視していたのに……」と言わんばかりだ。

いや、しょうがねぇんだっつーの。

実際、話しかけたくないのだが、かれこれ三十分はこの調子なのだ。おい、もうこれドラクエⅤのレヌール城の王様レベルだろ。ここで話しかけなければ延々とこの調子が続く。

俺が問うと、材木座は嬉しそうに鼻の頭を指でこすり、ふふんと笑った。うぜえ。

「ああ、いやすまんな。つい良いフレーズが出てきてしまったものだから、その語感とリズムを確かめるために無意識に口に出していたようだ。ふっ、やはり我は骨の髄まで作家というのかな……。寝ても覚めても小説のことを考えてしまう。作家とは因果なものだ……」

口ぶりだけは一人前の材木座の様子に俺と由比ヶ浜は脱力して顔を見合わせてしまう。雪ノ下はぱたりと本を閉じた。それに材木座がビクぅっ！　と反応した。

「作家って何かを作りだす人だと思っていたけれど……。何か作ったのかしら？」

「んがっぐぐっ！」

材木座は喉に何か詰まらせたように身体を仰け反らせた。リアクションがいちいちウザい。

だが、珍しいことに今日の材木座は強気だった。すぐに立ち直るとガボンガボンとわざとらしく咳き込んで見せる。

「……ほむん。そう言っていられるのも今のうちだけだ……。我はついに手にしたのだよ。エル・ドラドへの道筋をな！」

「なんだよ、受賞でもしたのか？」

「い、いや、それはまだだ……。だ、だが、完成さえすれば受賞も時間の問題だろうな！」

何故(なぜ)か材木座は偉そうにふんぞり返った。え、えぇー。今の発言のどこに威張れる要素があったの？　お前、そんなん言ったら俺がＲＰＧツクールで作ってたゲームが完成してたら日本のゲーム史変わってるぜ？

　材木座はコートをばさりと靡(なび)かせて、仕切りなおすように声高に叫んだ。

「ははっ、聞いて驚け。我はな、此度(こたび)の職場見学で出版社へと赴(おもむ)くことにしたのだ！　つまり、わかるな？」

「いや、全然わかんねぇけど……」

「察しが悪いな、八幡(はちまん)。つまり、我の才能がついに見出(みい)だされるということだ。コネクションを得たということだ」

「おい、幸せ回路すぎるだろ、その頭……。お前、それ不良の先輩が知り合いにいることを自慢する中学二年生以下のレベルだぞ」

　言ったところで材木座が聞くはずもなく、あらぬ方角を見てはにやにやしている。「スタジオは……。キャスティングは」とぶつぶつ言っている姿は実に不気味である。

それに出版社っていってもピンキリだろうに。そこまで自分の明るい未来を信じ切られてしまうともう何も言えない。

だが、そうなるとおかしなことがある。

「材木座、よくお前の意見が通ったな」

「なんだ、その我を羽虫の如き低き扱いをする言い草は……。まぁいい。此度はたまたま我以外の二人がいわゆるオタクでな。我が何も言わずとも、その二人がきゃっきゃうふふとしているうちに出版社に行くことになったのだ。彼奴らは最近流行のＢＬというやつに違いない。さしもの我も愛の前では無力故、邪魔せぬようにいつも黙っているがな」

「同類同士仲良くすればいいのに……」

由比ヶ浜は材木座のほうを一切見ずにぽつりと言う。だが、そいつは無理ってもんだ。極めちまった趣味人同士だからこそ譲れないものがある。まぁ、宗教戦争みたいなもんだ。

「そかー、職場見学かぁ……」

由比ヶ浜が感慨深げにその言葉を口にした。そして、横目で俺をちらちらと見てはすぐにそっぽを向く。お前水泳選手かよってくらい目を泳がせつつ、心なしか赤い顔で俺に聞いてきた。風邪か。

「……ね、ヒッキーってどこ行くの？」

「自宅」

「や、その線はもうないから」

ないない、と手を振りながら由比ヶ浜が言う。

まだ諦めるような時間じゃない……と思うのだが、平塚先生に殴られたくないので諦めることにした。諦めたのでここで試合終了。

「んー、まぁ同じグループの奴が行きたいとこ行くんじゃねぇか」

「なんなん、その人任せ感」

「いや……。昔からそうなんだが、最後、余り者で入れられちゃうから発言権ねぇんだよ」

「なーるほ、あ、あぁー。や、ごめん」

相変わらず、的確に人の地雷を踏んできやがる。たぶん由比ヶ浜はマインスイーパード下手に違いない。

というのも、あれである。実際、「二人組作って」より「三人組作って」のほうが恐ろしいことがままあるのだ。二人っきりなら諦めて無言を受け入れもできる。だが、三人組だとその中の二人だけが仲良く喋っていたりして疎外感がＭＡＸハートなのだ。

「じゃあ、結局どこ行くかは決めてないんだ……」

そう呟くと由比ヶ浜はむーんと何事か考える素振りを見せる。

「由比ヶ浜さんはどこへ行くか決めたの？」

「うん。一番近いところへ行く」

「発想が比企谷くんレベルね……」

「おい、一緒にすんな。俺は崇高なる信念のもとに自宅を希望したんだぞ。っつーか、お前はどこ行くんだよ。警察？　裁判所？　それとも監獄？」

「はずれ。……あなたが私をどう思っているのかよくわかったわ」

ウフフと凍るような笑顔の雪ノ下。だから、それだよそれ。その笑顔が怖いっつーの。

一応、理知的な雪ノ下のイメージに沿って候補を上げたのだが、あまり気に入っていただけなかったらしい。おかしいなー別に雪ノ下が冷酷とか残酷とか酷薄とかそんなつもりで言ったんじゃないんだけどなー。ウフフ。何だこの微妙な笑顔の応酬は。

「私は……、どこかシンクタンクか、研究開発職かしら。これから選ぶわ」

雪ノ下はまだ決めかねているのか、取り急ぎの方向性だけを示した。いずれにしろ、こいつの冷静で生真面目な性格から連想されやすいものだ。

と、俺のブレザーの裾がちょいちょいと引かれる。なんだよ妖怪袖引き小僧かよと思って振り返ると由比ヶ浜だった。

そっと顔を近づけて、俺の耳に唇を寄せてくる。無駄にいい匂いがするのとつやつやした髪が俺の首筋にふれてぞわっとした。

由比ヶ浜をこんなに間近に感じたのは初めてだった。さっきから心臓にやたらと血が流れ込んでいてうるさい。

「ヒ、ヒッキー……」

耳元に甘い吐息と、ぽしょぽしょとくすぐったい声が届いてきてどうにもむず痒い。吐息が届くような距離、お互いの鼓動さえ聞こえてきそうだった。もしかして……、ひょっとして……、この、胸の高鳴りは……。

「し、しんくたんくって何？　タンクの会社？」

シンクタンクの発音がまるっきりおばあちゃんだった。

あの胸の高鳴りはどうやらただの不整脈だったようだ。

「……由比ヶ浜さん」

雪ノ下は呆れた様子でため息をつくと、俺から由比ヶ浜を引きはがす。

「シンクタンクというのはね――」

説明を始めるとふんふんと聞き入る由比ヶ浜。二人は緩やかにお勉強タイムに入っていった。

俺はそれを横目にしつつ、また少女マンガを読む大事な仕事に取りかかる。

雪ノ下がシンクタンクとその他周辺のことについて由比ヶ浜に説明をし終えてから十五分ほど経っただろうか。

夕日が海に近づいていた。遠く、海面がきらきらと輝きを放つのが四階の部室からよく見える。下を見下ろせば、野球部はグラウンドにトンボをかけ、サッカー部はゴールを運び、陸上部はハードルやらマットやらを片づけていた。

そろそろ部活も終わりの時間のようだ。俺が部室の時計に目をやろうとするのと、雪ノ下がぱたりと本を閉じるのは同時だった。ついでに雪ノ下が動くと材木座がぴくっと反応する。いやお前怯えすぎだろ。

いったいいつからそうなったのか定かではないが、雪ノ下が本を閉じるのが部活終了の合図となっていた。俺も由比ヶ浜もさくさくと帰り支度を始める。

結局、今日も相談者はだーれも来やしなかった。何故か来なくていい材木座だけが来た。

帰りにラーメンでも食って帰るか……。

夕飯のことを考えると軽めに『蓬来軒』がいいかもしれない。新潟ラーメンの店だが、あっさりすっきりとした透き通るスープは極上だ。ここは材木座に教えられた店でもある。ああ、いかん、口の中に涎が。

とそのときだ。タンタンっと小気味よくリズミカルに扉を叩く音がした。

「こんな時間に……」

俺は至福のラーメンタイムを邪魔されて、ほぼ不機嫌モードで時計を睨みつける。

これが自宅なら完全居留守を決めこむパターンである。「どーする？」と雪ノ下に視線を向けると、

「どうぞ」

雪ノ下は俺のほうなどまったく見ずに返事をしていた。来客も空気を読まないが、空気の読

まなさに関しては雪ノ下も負けてはいない。むしろ、たぶん勝ってる。

「お邪魔します」

余裕を感じさせる涼しげな男の声だ。

俺からラーメンを奪ったのはどこのどいつだ……。恨みがましい視線を扉に向けていると、入ってきたのは実に意外な、本来ここにいてはいけない人間がそこにいた。

×　×　×

そいつは何やらイケメンだった。これをイケメンと呼ばずしてなんと呼ぼうかと言うほどのイケメンである。

茶髪に緩く当てられたピンパーマ。何やらおしゃれなフレームのおしゃれメガネから覗く瞳はやたらにまっすぐで、俺と目が合うとにこりと笑う。知らず知らず俺もニヤリと愛想笑いを返してしまった。

俺が本能的に負けを認めてしまう程度にはイケメンだった。

「こんな時間に悪い。ちょっとお願いがあってさ」

アンブロのエナメルバッグを床に置くと、そいつは極々自然に「ここいいかな?」と軽く断りを入れて雪ノ下の正面の椅子を引いた。そんなしぐさのひとつひとつがやけに様になっている。

「いやー、なかなか部活から抜けさせてもらえなくて。試験前は部活休みになっちゃうから、どうしても今日のうちにメニューをこなしておきたかったっぽい。ごめんな」

必要とされている人間はそういうものだろう。俺なんて帰ろうとしても引き留められないどころか帰ったことにも気づかれないレベル。だから俺は忍者かっつーの。

そいつは部活が忙しいと言ったわりに汗の匂いなど微塵も感じさせない。それどころか清涼感のある柑橘系の香りが漂っていた。

「能書きはいいわ」

快活に話すその男子に向かって、雪ノ下がぴしゃりと言った。心なしか、いつもより若干刺々しい気がする。

「何か用があるからここへ来たのでしょう？　葉山隼人君」

冷たい響きを滲ませた雪ノ下の声にも、そいつは、葉山隼人は笑顔を崩さない。

「ああ、そうだった。奉仕部ってここでいいんだよね？　平塚先生に、悩み相談するならここだって言われてきたんだけど……」

葉山が喋るたびに、何故か窓から爽やかな風が吹き込んでくる。何こいつ風の継承者？

「遅い時間に悪い。結衣もみんなもこのあと予定とかあったらまた改めるけど」

そう言われて、由比ヶ浜はいつだかも見たあの薄っぺらい笑顔で笑う。どうやらまだ上位カーストの人間に接するときのくせが抜けないらしい。

「や、やー。そんな全然気を遣わなくても。隼人君、サッカー部の次の部長だもんね。遅くなってもしょうがないよー」

だが、そう思っているのは由比ヶ浜だけだろう。雪ノ下は何やらピリついているし、材木座はぐぬぬっと苦み走った顔で黙り込んでいた。

「いやー材木座くんもごめんな」

「ぬっ!?　ふ、ふぐっ！　あ、いやぼくは別にいいんで、あの、もう帰るし……」

が、その敵対的な雰囲気も、葉山に話しかけられるとあっさり解かれてしまった。それどころか、まるで逆に材木座のほうが悪いことをしたかのような態度になっている。

「こふっこふこふっ！　は、八幡、ではな！」

言うが早いか材木座は本当に帰ってしまった。しかし、逃げるわりに、その顔には微笑みめいたものが浮かんでいた。……材木座、その気持ち痛いほどわかるぜ。

本当に何故かわからないのだが、俺たちスクールカーストが低い連中は上位カーストに出会うと萎縮しちまうんだよな。廊下とかで絶対道を譲っちゃうし、話しかけられるとまず八割がた噛む。それでさらに嫉妬や憎悪が高まるかというとそうでもなく、名前なんて覚えてもらっていた日にゃ逆にちょっと嬉しかったりするのだ。

葉山みたいな奴が、俺の名前を、俺を知っている。その事実が尊厳を取り戻させてくれる。

「それと、ヒキタニくんも。遅くなっちゃってごめん」

「………いや、別にいいんだけどよ」

俺の名前だけ間違ってる！　おい、失われたままだぞ俺の尊厳。

「それよか、何か用があんじゃねぇの？」

ついつい急かすような物言いになってしまったのは名前を間違えられた恨みからではない。……ほんとだって！　俺は葉山の悩みに少なからず興味がある。スクールカーストの最上位に鎮座する人間でも悩むことがあるのかと純粋に不思議に思う。決して弱みを握ってやりたいとかそれをネタに強請ってやりたいとかそんな汚い感情は一切ない。

「ああ。それなんだけどさ」

そう言って、葉山はおもむろに携帯電話を取り出した。カチカチと素早くボタンを操作するとメール画面に移行し、葉山はそれを俺に見せてくる。

横から雪ノ下と由比ヶ浜がひょいっと覗き込んできた。手のひらサイズの画面の前に三人いると狭くていい匂いがして困る。

場所を二人に譲ってやると、由比ヶ浜が「あ……」と小さく声を上げた。

「どうした？」

俺が尋ねると由比ヶ浜は自分の携帯を取りだして、俺に見せてくる。そこにはさっきあったメールと同じ文面があった。

それは怪文書とも呼ぶべきメールだ。しかも、それ一つきりだけでなく、由比ヶ浜の指先が動くたびにいくつもいくつも似たような、憎悪の塊めいた文面がスクロールしていく。

どれも捨てアカウントなのだろう、いくつものアドレスから個人を誹謗中傷するメールばかりがある。

『戸部は稲毛のカラーギャングの仲間でゲーセンで西高狩りをしていた』だとか。

『大和は三股かけている最低の屑野郎』だとか。

『大岡は練習試合で相手校のエースを潰すためにラフプレーをした』だとか。

要約するとそんな感じの、ことの真偽は定かではないメールがいくつもいくつもある。そして、大本の捨てアド以外の、クラスメイトらしき人物から転送されているものもある。

「おい、これ……」

由比ヶ浜はこくっと無言で頷いた。

「昨日、言ったでしょ？　うちのクラスで回ってるやつ……」

「チェーンメール、ね」

それまで黙っていた雪ノ下が口を開く。

チェーンメールとは、その名の通り、鎖のように回り回っていく類いのメールだ。だいたい末尾に「五人に回してください」とか指定がついてくる。一昔前の言葉で言えば、「不幸の手紙」に似ている。「三日以内に五人に同じ手紙を送らないとあなたは不幸になります」ってやつだな。あれのメール版だと思えばだいたい合ってる。

　そのメールを改めて見ながら、葉山は微苦笑を浮かべた。

「これが出回ってから、なんかクラスの雰囲気が悪くてさ。それに友達のこと悪く書かれてれば腹も立つし」

　そういう葉山の表情は先だっての由比ヶ浜のように、正体のわからない悪意にうんざりした顔だった。

　顔の見えない悪意ほど恐ろしいものはない。面と向かって罵倒されればそいつを殴るなり言い返すなりで発散することもできる。そいつへの恨みを抱えたままそのストレスをほかのものに昇華させることもできるだろう。そういった暗い感情は大きいエネルギーを有するが故に、どこかでプラスに転じさせることもできる。

　だが、憎悪も嫉妬も復讐心もそれを向けるべき対象者がいなければ曖昧な感情でしかない。

「止めたいんだよね。こういうのってやっぱりあんまり気持ちがいいもんじゃないからさ」

　そう言ってから葉山は、明るく付け足した。

「あ、でも犯人捜しがしたいんじゃないんだ。丸く収める方法を知りたい。頼めるかな」

　出た。必殺技「ザ・ゾーン」が発動されていた。

　説明しておこう。「ザ・ゾーン」とは真のリア充のみが持ちうる固有スキルで、その最大の特徴は場を整えることにある。

そこらのへらへらバカを晒してチャラチャラ遊びほうけているリア充（笑）とは違い、真のリア充は本当の意味で現実世界が充実しているのだ。そのため、誰かを見下したりすることもなく、むしろ、見下されがちなものに対しても優しい。その両者を分ける基準は「比企谷八幡に優しいかどうか」である。葉山は結構優しいと思うよ、俺。だって、俺に話しかけちゃうんだぜ？　名前間違えてるけど。

　要するに「ザ・ゾーン」は、カリスマ性を有するいい人が持つ独特の空気感と呼べるだろう。良く言えば空気の読める優しい奴だが、普通に言えばただのヘラヘラヘタレ野郎だ。悪く言うとゴミカス腑抜け野郎。いや、いい奴だと思うけどね。

　葉山の特殊能力を前に、雪ノ下はしばし考えるしぐさを見せてから口を開いた。

「つまり、事態の収拾を図ればいいのね？」

「うん、まぁそういうことだね」

「では、犯人を捜すしかないわね」

「うん、よろし、え!?　あれ、なんでそうなるの？」

　前後の流れを完全に無視された葉山が一瞬驚いた顔を見せるが、次の瞬間には取り繕った微笑みで穏やかに雪ノ下の意図を問う。

　すると、葉山とは対照的に、凍てついた表情の雪ノ下がゆっくりと、それはまるで言葉を選ぶかのようにして話し始めた。

「チェーンメール……。あれは人の尊厳を踏みにじる最低の行為よ。自分の名前も顔も出さず、ただ傷つけるためだけに誹謗中傷の限りを尽くす。悪意を拡散させるのが悪意とは限らないのがまた性質が悪いのよ。好奇心や時には善意で、悪意を周囲に拡大し続ける……。止めるならその大本を根絶やしにしないと効果がないわ。ソースは私」

「お前の実体験かよ……」

そうやって地雷原晒すのやめてくんないかな……。雪ノ下は口調こそ穏やかだが、その後背に黒い炎が揺らめいて見える。ゴゴゴゴ……とか擬音つけたほうがいいんじゃねぇのか、これ。

「まったく、人を貶める内容を撒き散らして何が楽しいのかしら。それで佐川さんや下田さんにメリットがあったとは思わないのだけれど」

「犯人特定済みなんだ……」

由比ヶ浜が若干引き攣った感じで笑う。これだから高スペックな奴を敵に回すと恐ろしい。

「なんか、お前の中学って流行最先端だな。俺んとこはそんなんなかったぞ」

「……それはあなたがメールアドレス聞かれなかっただけでしょう」

「な！　おい、ちょバカ！　あれだよ、守秘義務だよ！　個人情報保護法知らねぇのかよ！」

「斬新な法解釈ね……」

雪ノ下は呆れた様子で、ふぁさっと肩にかかった髪を払う。

だが、俺がその手のメールのごたごたに巻き込まれなかった理由はたぶん、そこだ。俺はメアドを聞くまでもない人間だったのだ。俺と雪ノ下の違いはここにある。こいつは嫌悪に晒されれ、俺は嫌悪にすら晒されなかった。もし、俺がそんなことされたら犯人を見つけるなんてできず、家に帰ってため息とともに枕を涙で濡らしていただろう。

「とにかく、そんな最低なことをする人間は確実に滅ぼすべきだわ。目には目を、歯には歯を、敵意には敵意をもって返すのが私の流儀」

どこかで聞き覚えのある言い回しに由比ヶ浜が反応する。

「あ、今日世界史でやった！　マグナ・カルタだよね！」

「ハムラビ法典よ」

さらりと切り返すと雪ノ下は葉山に向き直る。

「私は犯人を捜すわ。一言いうだけでぱったり止むと思う。その後どうするかはあなたの裁量に任せる。それで構わないかしら？」

「……ああ、それでいいよ」

葉山は観念したように言った。

実際、俺も雪ノ下と同意見だった。メアドをわざわざ変えて送ってくるということは自身の正体を知られたくないからであり、それが露見するのを恐れているのである。なら、ばれた時点でやめるはずだ。要は犯人を見つけるのが一番手っ取り早い。

雪ノ下は机に置かれた由比ヶ浜の携帯をじっと見つめる。それから顎に手をやり、考えるしぐさをした。

「メールが送られ始めたのはいつからかしら？」

「先週末からだよ。な、結衣」

葉山が答えると、由比ヶ浜も頷く。……ていうか、葉山。さっきから由比ヶ浜のこと下の名前で呼んでんだな。なんというか、スクールカーストが高い奴らはとても自然に女子を名前で呼ぶ。俺なら絶対どもるし噛む。そういう恥ずかしい真似がスマートにできる葉山に軽く尊敬しつつも、ちょっと……イラッとする。んだよ、お前アメリカ人かっつーの。

「先週末から突然始まったわけね。由比ヶ浜さん、葉山君、先週末クラスで何かあったの？」

「特に、なかったと思うけどな」

「うん……いつも通り、だったね」

葉山と由比ヶ浜は互いに顔を見合わせる。

「一応聞くけれど比企谷くん。あなたは？」

「一応ってなんだ……」

俺も同じクラスだっつーの。まぁ、俺は俺であいつら二人とは違う場所から見てるから、俺だけが気づく部分はあるだろう。

……先週末か。つまり最近あったことだよな。最近あったこと、最近あったこと、と考えてみるがなかなか思い出せない。

とりあえず、昨日のトピックといえば、初めて戸塚を下の名前で呼んだことくらいだ。

『勇気出し　彩加と呼んだら　可愛かったので　昨日という日は　彩加記念日』

そういや、なんで戸塚と話したんだっけか。と考えてからふと思い出した。

「昨日はあれだ、職場見学のグループ分けするって話があった」

そう、あの話の延長線上で戸塚が可愛かったのだ。

それを聞いて由比ヶ浜ははっと何かに気づいた。

「……うわ、それだ。グループ分けのせいだ」

「「え？　そんなことでか？」」

俺と葉山の声が重なる。すると、葉山はにかっと笑って「ハモったな」とか死ぬほどどうでもいいことを言いやがった。「お、おう…」としか言いようがない。だが、葉山とかぶるということは逆説的に俺もイケメンリア充ということである。Q．E．D証明終了。……そんなわけあるか。

葉山が由比ヶ浜に視線を向けた。すると、由比ヶ浜はたははーと笑いながら答える。

「いやー。こういうイベントごとのグループ分けはその後の関係性に関わるからね。ナイーブになる人も、いるんだよ……」

少しばかり陰鬱な表情になる由比ヶ浜を葉山と雪ノ下は不思議そうに見る。

葉山には縁がないことだろうし、そうしたことに興味がない雪ノ下にはわからないだろう。だが、俺には理解できる。人の顔色を窺い、複雑怪奇な人間事情を生き抜いてきた由比ヶ浜の言葉だからこそ、それは信用に足る。

雪ノ下が仕切り直すように咳払いをした。

「葉山君、書かれているのはあなたの友達、と言ったわね。あなたのグループは？」

「あ、ああ……。そういえばまだ決めてなかったな。とりあえずはその三人の誰かと行くことになると思うけど」

「犯人、わかっちゃったかも……」

由比ヶ浜が幾分げんなりした表情で言った。

「説明してもらえるかしら？」

「うん、それってさ、つまりいつも一緒にいる人たちから一人ハブになるってことだよね？四人の中から一人だけ仲間外れができちゃうじゃん。それで外れた人、かなりきついよ」

実感のこもった声に誰もが黙り込んだ。

犯人を特定するにはまず、動機から考えてみるのがいい。その行為をすることによってメリットが生まれる人間を見つければおのずと特定できる。

この場合で考えるなら、ハブられないことだ。

葉山はクラス内で男子四人グループを形成している。従って、三人組を作る場合には誰かがあぶれることになる。

そうなりたくなかったら、誰かを蹴落とすしかない。犯人はそう思ったのだろう。

「……では、その三人の中に犯人がいるとみてまず間違いないわね」

雪ノ下がそう結論を出すと、珍しく葉山が声を荒らげた。

「ちょ、ちょっと待ってくれ！　俺はあいつらの中に犯人がいるなんて思いたくない。それに、三人それぞれを悪く言うメールなんだぜ？　あいつらは違うんじゃないのか」

「はっ、馬鹿かお前は。どんだけめでたいんだよ、正月か。そんなの自分に疑いがかからないようにするために決まってるだろうが。もっとも俺ならあえて誰か一人だけ悪く言わないでそいつに罪をかぶせるけどな」

「ヒッキー、すこぶる最低だ……」

知能犯と呼べ知能犯と。

葉山は悔しそうに唇を噛んでいた。こんなこと想像していなかったんだろう。自分のすぐそばに憎悪があることを、仲良くやっている笑顔の下にどす黒い感情が渦巻いていることを。

「とりあえず、その人たちのことを教えてくれるかしら？」

雪ノ下が情報の提示を求める。

すると、葉山は意を決したように顔を上げた。その瞳には信念が宿っている。おそらくは友の疑いを晴らそうという崇高なる信念が。

「戸部は、俺と同じサッカー部だ。金髪で見た目は悪そうに見えるけど、一番ノリのいいムードメーカーだな。文化祭とか体育祭とかでも積極的に動いてくれる。いい奴だよ」

「騒ぐだけしか能がないお調子者、ということね」

「…………」

雪ノ下の一言に葉山が絶句していた。

「？　どうしたの？　続けて」

急に黙り込んだ葉山に不思議そうな顔を向ける雪ノ下。

葉山は気を取り直して次の人物評に移る。

「大和はラグビー部。冷静で人の話をよく聞いてくれる。ゆったりしたマイペースさとその静かさが人を安心させるっていうのかな。寡黙で慎重な性格なんだ。いい奴だよ」

「反応が鈍いうえに優柔不断……と」

「…………」

葉山は何とも言えない、苦々しい顔で沈黙したが、諦めたようにため息をついて続ける。

「大岡は野球部だ。人懐っこくていつも誰かの味方をしてくれる気のいい性格だ。上下関係にも気を配って礼儀正しいし、いい奴だよ」

「人の顔色窺う風見鶏、ね」

「…………」

いつの間にか沈黙は葉山だけのものではなくなっていた。俺も由比ヶ浜もぽけっと口を開けて一言も口にしない。

雪ノ下さん、ぱねぇ。やっぱりこいつの適職、検察とかだろ。

しかし、この女の恐ろしいところはこの人物評があながち間違いではないところである。人の印象など見る者の視点でいくらでも変わるものだ。葉山はあくまでも好意的に見ているからそのぶんバイアスがかかっている。一方の雪ノ下はそうした感情を排しているのだから自然と辛くなる。いや辛すぎでしょこれ、ＬＥＥ×20倍かよ。

雪ノ下は自分が取ったメモを眺めながらうむむと唸る。

「どの人が犯人でもおかしくないわね……」

「お前が一番犯人っぽいのは気のせいか？」

よくもまぁこれだけ人を悪しざまに解釈できるものである。あのメールを書いた人間よりもある意味酷い。雪ノ下は大層ご立腹の様子で腰に手をやり、むっと怒った表情になる。

「私がそんなことをするわけないでしょう。私なら正面から叩き潰すわ」

やり方が違うだけで「叩き潰す」という結論は同じなことに気づいてないのかこの女は。「仲良くする」という結論が出てこないところがさすが雪ノ下だった。

葉山は雪ノ下にざっくりとやられて怒っていいやら嘆いていいやら困ったような表情で笑っている。

　雪ノ下も雪ノ下だが、葉山も葉山だ。こいつの言っているのは結局のところ上っ面のゴミみたいな情報でしかない。いい奴だとは思うが、俺たちと視点が違い過ぎて「犯人捜し」には向いていない。それは雪ノ下も思うところなのか、俺たちに水を向ける。

「葉山君の話だとあまり参考にならないわね……。由比ヶ浜さん、比企谷くん。あなたたちは彼らのことどう思う？」

「え、ど、どう思うって言われても……」

「俺はそいつらのことよく知らんからな」

　というか、この学校の生徒だいたい全員よく知らない。友達はいないが、知り合いも結構少ないんですよ、ぼく。

「じゃあ、調べてもらっていいかしら？　グループを決めるのは明後日、よね？　それまで一日猶予があるわ」

「……ん、うん」

　雪ノ下に言われて、由比ヶ浜はちょっと戸惑いの表情を浮かべる。まぁ、クラス内で仲良くやろうとしている由比ヶ浜からすればあまり気が進まない行為なのだろう。

　人の粗探しをすることは同時に自分の粗を晒すことでもある。コミュニティ内ではわりとリスキーな行為だ。

　それは雪ノ下も理解してはいるのか、そっと目を伏せる。

「……ごめんなさい、あまり気持ちのいいものではなかったわね。忘れてもらっていいわ」

となれば、誰がやるかだが。まぁ、そんなのは決まってる。

「俺がやるよ。別にクラスでどう思われようと気にならんし」

そう俺が言うと雪ノ下(ゆきのした)はちらっと俺を見た。そして、くすっと微笑(ほほえ)んだ。

「……あまり期待せずに待ってるわ」

「任せろ。人の粗探(あらさが)しは俺の百八の特技の一つだ」

ほかにどんな特技があるかと言うと「あやとり」とか。俺はの〇太君かよ。

「ちょ、ちょっと！　あたしもやるよ！　そ、その、ヒッキーに任せてなんておけないし！」

由比ヶ浜(ゆいがはま)は顔を赤くして語尾をもにょらせながらも、次の瞬間には拳(こぶし)をぎゅっと握った。

「それに、それにっ！　ゆきのんのお願いなら聞かないわけにはいかないしね！」

「……そう」

答えたきり、雪ノ下はぷいと横を向く。夕映えのせいか、それとも照れているのかその頬(ほお)には朱が差している。

いやだからさぁ、俺もやるんだけど。なんでこいつは俺と由比ヶ浜でいちいち反応が違うのん？

そんな二人の様子を見ていた葉山(はやま)は爽(さわ)やか素敵スマイルで笑う。

「仲良いんだな」

「あ？　ああ。あいつらはな」

「ヒキタニくんもだよ」

こいつ何言ってんだ……。ヒキタニくんなんて奴はこの部活にいない。

×　×　×

翌日の教室で、由比ヶ浜は燃えていた。

昼休み、いつもの場所へは行かず買っておいたパンとスポルトップに手を伸ばしていると、由比ヶ浜がやってきて入念な打ち合わせが始まる。

「とりあえず、あたしがいろいろ聞いてみる。……だ、だから、ヒッキーは全然無理とかしなくていいから。むしろなんもしなくていいから！」

「あ、ああ。そりゃ助かるけど。なんかすげぇやる気だな……」

ぶっちゃけ引く。

「こ、これはあれだよ？　ゆ、ゆきのんにお願いされたからだよ！」

「そ、そうですか……」

そこまで雪ノ下を信奉しているとなると、やはりぶっちゃけ引く。しかし、由比ヶ浜のやる気は空回りしそうな雰囲気がばしばし出ている。得も言われぬ不安感が俺を襲った。

「やる気なのはいいんだけど、具体的にどうすんの？」

「んー、女子から話聞いてみる。クラスの人間関係とかなら女子のほうが詳しいし。それに、共通の嫌な奴の話とかすると、結構盛り上がっていろいろ話してくれるし」

「おい、ガールズトーク怖ぇな、おい」

敵の敵は味方、というやつだ。なんて高度な駆け引き……。

「そんな黒い話じゃないってば！　その愚痴、というか情報交換？」

「ものは言いようだな、ほんと」

「とにかくっ！　ヒッキーそういうの苦手じゃん。あたしやるから気にしなくていいよ」

だが、由比ヶ浜が言うことももっともだ。正直、俺は誰かに話しかけて聞き取り調査ができる柄ではない。むしろ俺が話しかけた時点で警戒心を抱かれてしまうかもしれない。俺が話を聞くどころか、相手が俺に聞いてくるだろう、「誰？」って。

その点、由比ヶ浜はクラスでの立ち位置も良好。それに人当たりもいい。このあたりは由比ヶ浜が小さいころから磨き続けてきたであろうキョロキョロスキルが役に立つところだ。

「そうだな……。悪い、任せる。頑張ってくれ」

「っ！　うんっ！」

由比ヶ浜はうしっと気合いを入れると、葉山グループと仲の良い、女子たち、三浦グループへと切り込んでいった。

「お待たせー」

「あ、ユイー。おっそいからー」

三浦をはじめとするグループの女子たちは気だるげに返す。

「てかさー、とべっちとか大岡くんとか大和くんとか最近微妙だよねー。なんかこうアレな感じ？　っていうか」

ぶふっ！　漏れ聞こえてくる由比ヶ浜の声に俺は思いっきり噴いた。

直球だ！　それも一六〇キロのジャイロボール！　パワプロなら余裕でランクSだろ、それ。ただし、コントロールがF。

「え……ユイってそういうこと言う子だったっけ……」

そう言って一歩引いたのは海老名さんだったと思う、たぶん。

そして、三浦がきらっと目を輝かせて、ここぞとばかりに攻勢に回る。

「あんさー、ユイ。そういうのってあんまよくなくない？　トモダチのことそう言うのってやっぱまずいっしょー」

素敵な言葉によって圧倒的優位に立った三浦。

むしろ、由比ヶ浜がハブかれるピンチが到来していた。何をしとるんだあいつは。

しかし、由比ヶ浜も全力で誤魔化しにかかる。

「ちがっ！　ちがくてっ！　その、気になる、というか」

「なに、あいつらの誰か好きなん？」

「全っ然違う！　気になる人はいるけど……、それはアレな人だし……。はっ!?」

しまった！　という表情を見せるのと、三浦がにたぁっと笑うのがほぼ同時だった。

「え、ユイ……、誰か好きな人できたん？　言ってみ？　ほれほれ。協力するからー」

「だ、だから！　そうじゃなくてっ！　気になるのはあの三人の関係性？　っていうの？　なんか最近妙だなーって思うの！」

「んだ、それか。つまんねー」

あからさまに興味を失う三浦。携帯を開いてかちかちやりだす。

だが、海老名さんが食いついた。

「わかる……。ユイも気になってたんだ……じつは、あたしも」

「そうそう！　なんかぎくしゃくしてるっていうかさ！」

「わたし、思うんだけど」

海老名さんは深刻そうな表情でため息を一つつく。

「わたし的に絶対とべっち受けだと思うの！　で、大和君の強気攻め。あ、大岡君は誘い受けね。あの三角関係絶対なんかあるよ！」

「あー、わかるわか、……うえ？」

「でもね、でもね！　絶対三人とも隼人くん狙いなんだよ！　くぅ～、友達のためにみんな一歩引いてる感じ、キマしたわぁ～!!」

おい、マジかよ海老名さん強キャラすぎるだろ。鼻血出てるし。

由比ヶ浜が「あうあう……」とどうしていいか戸惑っていると、三浦が慣れた様子でため息をついた。

「出った、海老名の病気。おめ、黙ってれば可愛いんだからちゃんと擬態しろし鼻血拭けし」

「あ、あはは」

由比ヶ浜は海老名さんに圧倒されて笑って誤魔化している。俺が見ていることに気づくと、そっと手をあげて「ごめん！　失敗！」とサインを送ってくる。

……まぁ、スタートからいろいろ間違ってたからな。海老名さんがいなくてもどの道うまくいかなかっただろう。

となれば、あとは俺がやるしかない。

だが、そうは言っても俺がクラスの連中に聞きまわるのは無理だ。

では、何をもって人の情報を集めるか。

そんなのは決まってる。ただひたすらに見るのだ。会話ができないなら、いや会話ができないからこそそれ以外のところから情報を集める。

元来、人間のコミュニケーションは言語によって行われているのは三割程度だという。残りの七割は目の動きやちょっとしたしぐさから情報を集めているのだ。目は口ほどに物を言う、という言葉はこうした非言語コミュニケーションの重要性から来ている。つまり、逆説的に考えて、会話をしないぼっちでも七割がたコミュニケーションできているということである。違うか、違うね。

では、俺の百八の特技の一つ、「人間観察」を披露しよう。ほかにも「射撃」とかある。だから俺はの○太君かよ。

人間観察の手順はごくごく簡単だ。

1、イヤホンを耳に突っ込むも音楽は聴かず、ひたすら周囲の会話に耳を澄ませる。

2、ぼーっとしているように見せかけて、その実、葉山(はやま)グループの面々の表情をじっと観察。

以上である。

葉山たちは窓際の席に陣取っていた。葉山が壁際に寄りかかり、それを囲むようにして戸(と)部(べ)、大和(やまと)、大岡(おおおか)がいる。

ここからわかることは実に簡単。そのグループの中で上位に位置するのが葉山ということだ。壁という絶対の背もたれを持つ場所こそがキングにはふさわしい。おそらく本人たちにそんな自覚はあるまい。だが、自覚がないからこそ、それは本能的、本質的な行動であることを示している。

三人の役割はそれぞれ決まっているように見えた。

「で、さ。うちのコーチがラグビー部のほうにノック打ち始めて！　やばかったわー。硬球なのによー」

「……あれはうちの顧問もキレてた」

「マッジウケんだけど！　っつーか、ラグ部とかまだいいわ。俺らサッカー部やべーから。いやーやばいでしょ、外野フライ飛んでくるとかやばいでしょ！　アツいわ激アツだわ」

大岡が話を振り、大和がそれを受ける。そして、戸部が盛り上げる。よくできた演劇のようなものだ。「人生は舞台だ」とシェイクスピアは言ったが、まさしく人は与えられた役をこなしているだけだと言っていいだろう。

そして、この舞台の監督が、観客が葉山だ。葉山は時に話に笑い、時に話題を提供し、時に一緒になってはしゃぐ。

彼らを見ているとさまざまなことに気づく。

あ、あいつ今、見えないように小さく舌打ちした。

あいつは隣の奴が会話を始めると急に黙るな……。

つまらなそうに携帯いじってる、あんまりこの話題に入り込んでないな。

ちょっと下ネタになると曖昧な笑顔を浮かべる、あいつは童貞だな。間違いない。ソースは俺。

ほんと急に下ネタになるとどう反応したらいいかわからず、ワンテンポ間を開けてから「最近性欲ないわー」とか見栄を張ってしまうのは何故なんだろう……。

……さっきからどうでもいい情報ばかり得ている気がする。

こりゃ収穫なさそうだな。そう思ってため息をついたときだった。

「悪い、ちょっとごめん」

そう言って葉山が席を立ち、俺の方へ向かってくる。じっと見過ぎていたせいで葉山に気づかれたらしい。「何見てんだよ、おめどこ中だよ」とか言われるんだろうか、ドキドキ。

「……んだよ？」

内心びくびくしながら、傍らに立った葉山に話しかける。すると、葉山は別段キレたり胸ぐら摑んだり小銭を請求したりせず、ただ朗らかに笑う。

「いや、なんかわかったのかなって思ってさ」

「いいや……」

わかったのはせいぜい海老名さんが腐女子だということと、大岡が童貞だということくらい。そう思って大岡たちのほうを見るとちょっと意外な光景が広がっていた。

三人とも携帯をいじり、だるーっとしていた。そして時折葉山のほうをちらっと見る。

そのとき、唐突に答えが出た。首筋を麻酔銃でちくっとされたくらいの閃き。

「どうかしたか？」

怪訝な表情で葉山が問うてきた。俺はにやっと笑って返す。

「……謎は、すべて解けた！」

推理を披露するのはもちろんＣＭ明け、Ｂパートからである。

× × ×

放課後、部室に集められたのは俺と雪ノ下、由比ヶ浜、そして葉山である。

「どうだったかしら?」

雪ノ下が俺と由比ヶ浜に調査報告を求める。

由比ヶ浜はたははーと笑ってから、

「ごめん！　一応女子に聞いたんだけど全っ然わかんなかった！」

素直に謝った。

いや、でもあれはしょうがない。あれからも海老名さんはちょくちょく受けだの攻めだの掛け算だの由比ヶ浜にいらんことを吹き込んでいて、聞き取り調査どころではなくなっていた。

頭を下げてからそーっと雪ノ下の顔を見る由比ヶ浜。だが、雪ノ下は別段怒った様子もない。

「そう、それならそれで構わないわ」

「え、いいの?」

「逆に言えば女子たちは今回のことにさして興味を持っていない、関わっていない、ってことでしょう。そうなると葉山くんのグループの男子の問題ってことになるわ。由比ヶ浜さん、ご苦労様」

「ゆ、ゆきのん……」

由比ヶ浜が感動でうるうるっと瞳を滲ませていた。抱きつこうとしたところを雪ノ下がするっと躱す。由比ヶ浜はごちっと壁におでこをぶつけていた。

雪ノ下は呆れた様子で、半べそかいている由比ヶ浜のおでこを撫でながら俺を見る。

「で、あなたのほうは？」

「悪い、犯人の手掛かりは摑めなかった」

「……そう」

てっきり罵倒されるかと思ったが、雪ノ下は諦めたように吐息を漏らすだけだった。そして、とても憐れんだ感じの目で俺を見る。

「……誰も話を聞いてくれなかったのね」

「いやそうじゃねぇよ……」

確かに俺が話しかけて答えてもらう自信ねぇけどよ。だいたい「話しかける、話題を広げる」という行為はかなりの精神的カロリーを消費する。マダンテくらいMP使うぞマジで。

「犯人についてはわからんが、一つわかったことがある」

そう言うと、雪ノ下も由比ヶ浜も葉山も身を乗り出して聞く体勢に入った。訝しむ目、期待する目、興味深そうな目、それぞれの視線を受けながら俺は咳払いを一つする。それを合図にしたかのように、雪ノ下が問いかけてきた。

「何がわかったのかしら？」

「あのグループは葉山のグループだってことだ」

「はぁ？　今さら何言ってんの？」

由比ヶ浜が思いっきり俺を馬鹿にしたように言った。その目は「何こいつ童貞？　大岡（おおおか）？」と言わんばかりだ。おい大岡関係ねぇだろ。

「えっと……ヒキタニくん、どういう意味？」

「ああ、言い方が悪かった。葉山の、って言葉は所有格だ。つまり、葉山のもの、葉山のためのものって意味なんだよ」

「や、別にそんなことないと思うけど……」

葉山はそう言うが、それは葉山が無自覚なだけだ。もしかしたら、中にいるあの三人も同様に無自覚なのかもしれない。

だが、外から見ている俺にはその違いが歴然とわかる。

「葉山、お前はお前がいないときの三人を見たことがあるか？」

「いや、ないけど……」

「当たり前でしょう。いないのだから見えるわけないじゃない」

雪ノ下はふぅと馬鹿にしたように言った。俺はそれに頷（うなず）く。

「だから葉山は気づいてないだけだ。傍から見てるとあいつら三人きりのときは全然仲良くない。わかりやすく言えばだな、あいつらに取っちゃ葉山は『友達』で、それ以外の奴は『友達の友達』なんだよ」

そう言うと、由比ヶ浜だけが反応した。

「あ、ああ～、それすごいわかる……。会話回してる中心の人がいなくなると気まずいよね。何話していいかわかんなくて携帯いじったりしちゃうんだよ……」

何か思い当たることでもよぎったのか由比ヶ浜はかくっとうなだれる。その由比ヶ浜の袖をちょいちょいっと引きながら雪ノ下が小声で尋ねた。

「……………そ、そういうものなの？」

耳打ちにうんうんと腕を組んで頷く由比ヶ浜。さすがは雪ノ下。友達がいた経験がないので、友達の友達がいた経験もない。

葉山はただ俺の言葉を噛みしめるように黙っていた。

だが、こればかりは葉山自身にもどうしようもない。葉山にとって彼らは確かに友達だ。だが、それ以上の交友関係は彼ら自身がどうにかするしかない。

友達がいるってことは、それにまつわるごたごたまで引き受けるということである。

だから、俺は無条件で「友達がたくさんいることは素晴らしい」だなんて思わない。

葉山は今まさにそうした泥沼の中にいる。友達に囲まれる、ということは逆に言えば、人に回り込まれているってことだ。逃げ出すこともままならない。ドラクエで言えば全滅フラグ。

　けれど、俺はそこから抜け出す方法を知っている。

「仮に比企谷くんの言うことが本当だったとして、三人の犯行動機の補強にしかならないわね。そのうちの誰がやっているかを突き止める方法はないかしら。その犯人を消さない限り、事態は収束しないわ。いっそ三人とも……」

　雪ノ下は顎に手をやり考え込むしぐさをする。消すとか普通に使っちゃうあたり、雪ノ下さん怖いです。件の佐川さんや下田さんは消されてしまったのだろうか。

　とはいえ、校内で失踪者を出すのも恐ろしいので俺は別のアプローチを提案する。

「いや、犯人を消す必要はないんだ。消すのはもっと別のもんだよ」

　俺が言うと、雪ノ下ははてなと首をかしげて俺を見る。

　犯罪を止めるには犯人を消せばいい、という論法に間違いはない。だが、もう一つあるのだ。

　宝石を盗む事件が起きるなら、そもそも宝石がなければ盗難は起こらない。

　奪われるはずの宝石を、先に盗み出してしまえばいい。忍者の才能を持つ俺は探偵よりも怪盗のほうが向いている。

「葉山、お前が望むなら解決することはできるぞ。犯人を捜す必要もなく、これ以上揉めることもなく、……そして、あいつらが仲良くなれるかもしれない方法が」

　こういったとき、俺はどんな表情をしていただろうか。少なくとも笑顔ではあっただろう。

それも由比ヶ浜（ゆいがはま）が「う、うわぁ……」と引くくらいには素敵な笑顔。

思わず、クックックッと材木座（ざいもくざ）めいた笑いが出てしまいそうだった。人間に邪悪な取引を迫る悪魔が実在するとしたら、ちょっと俺に似ているかもしれない。

「知りたいか？」

悪魔の問いかけに、哀（あわ）れな仔羊（こひつじ）、葉山隼人（はやまはやと）はこくりと頷（うなず）いた。

×　×　×

葉山が自らの運命を決定づける選択をした翌日のことだ。

教室の黒板には、クラスメイトの名前が羅列されていた。それぞれ三名ずつ一塊（ひとかたまり）になって書かれたそれらは職場見学のグループを表わしている。

前から言い交わしていたのか、隣にいた女子三名がきゃっきゃっと微笑（ほほえ）み合って黒板の前まで行き、自分たちの名前を書き始めた。

俺はといえば、誰に声をかけるでもなく、ぼーっとその様子を見つめていた。

これが俺なりのグループ分け時（じ）の対応だ。

こういうときはじっと動かないことが肝要だ。かの武田信玄（たけだしんげん）も言っている。「動かざること山の如（ごと）し」と。まったくその通りだ。「早く帰ること風の如し、静かに居眠りすること林の如し、嫉妬すること火の如し、働かざること山の如し」である。

情勢が移り変わり、最終的に担任が「はいはい、みんな比企谷くんのことが嫌いなのはわかるけど、仲間外れはダメよ！　仲間外れは！」と言い出すのを待つのだ。……小学四年生のときの担任、伊勢原のババァめ……。絶対に許さない。

とにかく「果報は寝て待て」というように、寝たふりをしていればいつの間にか俺のようなぼっちか、二人組までしか作れなかった連中が仕方なく俺に声をかけてくるのである。これで晴れてグループ成立！　……はぁ、寝よう。

俺の百八の特技の一つ、狸寝入りを使っていた。ちなみにほかの特技として「大長編のときはいい奴になる」とかがある。ジャ○アンかよ。

すると、俺の肩が優しく揺すられた。華奢な手は服を通してでもその柔らかさを感じさせる。「八幡」と俺の名を呼ぶ声が天上の音楽を思わせた。まるで雲の上を揺蕩うような微睡みの中で、俺は目を開ける。

「八幡、おはよ」

「……天使か？　あ、いや戸塚か」

ふぅ、びっくりした。あまりの可愛さにてっきり天使ちゃんかと思った。戸塚はくすくす笑い、さっきまで女子が座っていた俺の横の席に腰かける。

「どうかしたか？」

俺が尋ねると、戸塚は体操服の裾をぎゅっと摑み、上目づかいでたどたどしく喋り始める。

「ぐ、グループ分け、だけど……」

「ん？　ああ、そうだな。そろそろ順調に決まってきたころだなー」

戸塚は確かもう決めてたんだよな。残念。

俺は身体を伸ばすと同時に教室内を見渡した。大方のグループ分けが済むとそろそろ俺たちぼっちの出番だ。覚悟を決めて、ほかのぼっちたちと仮初めのグループを作らなければならない。ぼっち同士で組めればまだマシなほうで、ここで出遅れてしまうともともと仲の良い二人組とくっついたりしなければならなくなるのだ。

あぶれ者たちを捜そうと黒板に書かれた名前をチェックしたときだ。ちょうど今まさに名前を書いているグループがあった。見覚えのある三人組だ。

「金髪お調子者の戸部」

「鈍重優柔不断の大和」

「童貞風見鶏の大岡」

新・三匹が斬る！　誕生の瞬間に立ち会ってしまった。特に俺のおすすめキャラは「童貞風見鶏の大岡」である。三人は名前を書いた後、互いの顔を見つめてちょっと照れくさそうに笑った。そこに葉山隼人の名前はない。

彼らの様子を眺めていると、不意に声をかけられた。

「ここ、いい？」

そいつは俺の返事を待たずに、戸塚の横に座る。いきなり現れた思わぬ来訪者に戸塚は「え、えっと……」と呟いておろおろと俺を見る。超可愛い。

「おかげで丸く収まった。サンキュな」

そう朗らかに笑うのは葉山隼人。

「別に俺はなんもしてねぇよ」

なのになんだってこいつは気安く話しかけてくるんだろうか。いい奴？　いい奴なの？

「そんなことないって。ああ言ってくれなきゃたぶん今もまだ揉めてただろうし」

葉山はそう言うが、俺はいいことは何一つしちゃいない。ただ葉山をぼっちの道へと引きずりおろしてやろうと思っただけだ。

そもそも彼らが揉めそうになる原因は「葉山と一緒にいたいから」というものだ。なら、その原因を取り除けばいい。つまり、葉山隼人を除外すればいい。

ぼっちというのは永世中立国のようなもんだ。そこに存在しないことで波風を立てず、トラブルに巻き込まれることもない。世界がもし百人のぼっちだったら戦争も差別もなくなるに違いない。おい、そろそろ俺にノーベル平和賞くれよ。

「俺、今までみんな仲良くやれればいいって思ってたけどさ、俺のせいで揉めることも、あるんだな……」

そう呟いたときの葉山はどこか寂しそうだった。

俺は葉山にかけてやる言葉が見つからず、つまらなそうに鼻を鳴らすことくらいしかできない。葉山は自分の友達、そして自分のグループのために解決策を求めて、奉仕部へ来たのに俺が示してやれるのは葉山が辛くなる選択肢だけだった。

俺に話しかけてきたり、材木座の名前を覚えていたりと、いい奴なのに。誰よりも学校生活をうまくやれる人間なのに。

だが、いやだからこそ、葉山隼人はこう言うのだ。

「俺があいつら三人とは組まないって言ったら驚いてたけどな。これをきっかけにあいつらが本当の友達になれればいいってそう思うよ」

「……そーだなー」

正直、ここまでいい奴だとこれはこれで何かの病気だと思う。俺は軽く引きながら適当に相槌を打つ。

「ありがとう。それでさ、俺、まだグループ決まってないんだけど、一緒にどう？」

葉山は笑顔と共に右手を差し出してきた。

……ああ？　握手？　なんだってリア充ってやつはこうも慣れ慣れしいのかね？　まったく、ほんとふざけんなよ。アメリカ人かってんだよ。

「お、オーケー」

おかげで英語で返事しちまったじゃねぇかよ。

俺がぱしっとその手を叩くと、「いてぇっ」とまたしても葉山は笑う。同じぼっちになったことで俺とこいつは理解し合えたのかもしれない。

さて、これであと一人確保すれば作業終了だ。

と、横で「むーっ」と唸っている可愛い生き物がいた。

「……戸塚、どうした？」

見れば、戸塚が瞳に涙を溜めながら膨れっ面をしていて超可愛い。

「八幡……、ぼくは？」

「え、あ、ええ？　……や、お前決めてるっつったじゃん」

「だからっ！」

そう勢い込んでから、戸塚はきゅっと俺のブレザーの袖口を摑んだ。

「………最初から、八幡と一緒に行くって、決めてたの」

「決めてたってそういう意味かよ……」

なんという叙述トリック。というか、ぼっちは言葉の裏を読むスキルが無駄に高いから主語述語をしっかり言ってくんないとわかんないっての。

拗ねたように、赤い顔を下に向ける戸塚を見ていると知らず顔が緩んでしまう。俺が笑うと戸塚も俺を上目づかいで見上げて、くすくすと笑った。

俺たちを微笑ましげに見つめていた葉山はすっくと立ち上がるとこっちに振り向いた。

「じゃあ、名前書きに行こう。場所はどうする？」

「任せる」

俺が言うと、戸塚もうんと頷いた。

そして、葉山が黒板に名前を書き始めた。

「葉山」「戸塚」「比企谷」。おお、俺の名前、漢字だと間違えないんだな。そんなことすらちょっと嬉しく思ってしまう。もしかして、これが友達というやつだろうか。

続いて、葉山が「行きたい職場」を書き始める。

すると、

「あ、あーし、隼人と同じとこにするわ」

「うそ、葉山くんそこいくの？　あ、うちも変える変えるぅ！」

「あたしもそこにしようかなー」

「隼人ぱないわ。超隼人ぱないわ」

クラスの連中が一斉に葉山の周りに集まる。そしてあれよあれよという間に皆が葉山と同じ職場を選び、黒板の名前の場所を書き換え出した。

書き加えられていく名前に埋もれていつの間にか俺の名前が消え失せていた。それに合わせるかのように俺の存在感もまた希薄になっていく。

なんだよ、俺忍者かよ。伊賀か甲賀にでも職場見学したほうがいいんじゃねぇのか。
では、拙者、このあたりでドロンさせていただくでござる。
言うまでもなく、いつでもどこでもドロンと消えてるようなもんだけどな。

zaimokuza's mobile

FROM 材木座 16:40
TITLE nontitle
八幡、我だ材木座だ。どうだ、勉学に励んでおるか。ところで話は変わるが数学の試験範囲を神の啓示の如くここに書いてみる気はないか。

FROM 材木座 16:59
TITLE nontitle
八幡、ザザ…八まザザザザ…むう、ここはミノフスキー粒子が濃いようだ。八幡、応答せザザ…よ応答せよザザ…

FROM 材木座
TITLE nontitle 17:36
我が呼び声に応えよ八幡!! む、これでも駄目か……。
ならば、あの呪文を唱えるほかあるまい。
黄昏よりも暗きもの、血の流れより赤kry

FROM 材木座 18:24
TITLE nontitle
ごめん、ちょっと調子に乗った。数学の試験範囲教えて。

FROM 材木座 19:51
TITLE Re2
ふむん。この恩は未来永劫忘れぬぞ。主の武運長久を祈る。次にまみえる時は戦場、だな……。
～<　｀･ω･´>さらばだ!

hachiman's mobile

FROM 八幡 19:50
TITLE Re
悪い、寝てた。
数学はP4〜P51までとワークの三章までだ。っつーか、なんでお前俺のアドレス知ってんだよ

FROM 八幡 19:51
TITLE Re3
……おい

いろいろあって川崎沙希は拗ねている。

中間試験が目前まで迫っていた。

勉強するときはだいたい、ファミレスであったり図書館であったりする場合が多いが、高校生は夜一一時以降に出歩くと補導されかねない。ファミレスも一〇時になると退店するよう言われてしまう。

なので、夜の勉強はもっぱら家でやることになる。ちなみに夜の勉強と言っても「夜のプロレス」的な意味での夜ではない。

時計の針が一二時近くを指していた。俺はんんーっと伸びをする。もうあと一、二時間ほど頑張れそうだ。

「……コーヒーでも飲むか」

トントントンと階段を踏み鳴らしながらリビングへと向かう。やはり眠気覚ましにはコーヒーだ。それに勉強のように脳を酷使する場合には糖分の補給が必要不可欠である。すなわち、死ぬほど甘いＭＡＸコーヒーの出番だ。

それにしても、カフェインが入っていて、しかもミルクたっぷりで甘いとかＭＡＸコーヒーは擬人化したらそれはもうエロかろう。まず間違いなく巨乳だ。「今夜は寝かせないゾ☆」とか言い出しそう。誰かPixivにMAXコーヒーたん描いてくれねぇかな……。

そんなどうでもいい、MAXコーヒーへのあれこれを考えてリビングに入ると、妹の小町がソファでぐーすか寝ていた。

……こいつももうすぐ中間試験だったはずだが、相変わらず肝の太い妹だった。

買い置きのMAXコーヒーをごそごそと捜しつつ、ついこないだひと箱空けてしまったのを思い出して、俺は仕方なくお湯を沸かす。

ティファールの湯沸かしポットに水をぶち込み、そのままケツのスイッチをかちりと押し上げた。湯が沸くまでの手持ち無沙汰な時間、妹が寝こけているソファの端に座って待つ。

小町は大胆にも腹を出して寝ていた。

白い肌はすぅすぅという寝息に合わせて規則正しく波打ち、その度に可愛いへそが動く。んっと身じろぎすると、勝手に着たのであろう、だるだるに伸びきった俺のTシャツからブラジャーが覗いて見えた。小町が丸まっているせいで気づかなかったが、なんでこいつパンツ姿なんだよ。風邪引くぞ。

とりあえず、手近にあったバスタオルをかけてやる。小町はそれに反応して、むにゃむにゃと何事かむにゃった。

そうこうしているうちに、こぽこぽと音を立ててお湯が沸き始め、カチッと湯沸かし完了を告げた。

マグカップにインスタントコーヒーをぶち込んでから、そこにお湯を注ぎ込む。コーヒーのいい匂いが立ち込めてきた。濃いめのコーヒーに牛乳と砂糖をたっぷり加え、ティースプーンで四回ほど回す。すると、俺好みの甘々コーヒーの出来上がりだ。

ミルクの豊潤な香りとコーヒーの馥郁たる香りとが混じりあい、なんとも良い感じ。

すると、小町がくんくんと匂いを嗅ぎつけたのか、がばっと跳ね起きた。

まず、ばっと俺を見つめて二秒静止。次に、シャッとカーテンを開けて三秒静止。そして、くわっと目を見開き時計を見て五秒静止。都合十秒かけて現状を把握したようだ。

それからすうっと大きく息を吸うと、馬鹿でかい叫び声を上げた。

「しまったぁ！　寝過ぎたぁっ！　一時間だけ寝るつもりが……、五時間寝てたぁっ！」

「あーあるある。って寝すぎだろ、帰ってきて即寝たのかよ」

「失礼なっ！　ちゃんとシャワー浴びてから寝たよっ！」

「やべぇ、なんで今俺怒られたのか全然わかんねぇ」

「そんなことよりなんで起こしてくれなかったの!?」

小町は何故か俺にぶーぶー文句を垂れる。「寝過ぎた」と「メス☆ブタ」はよく似ていると思いました。

「どうでもいいけどズボン履けズボン。それと勝手に俺の服着んな」

「ん？　ああこれ。寝巻にちょうどいいんだよ。ちょっとワンピースっぽくない？」

言いながら小町はびろーんとTシャツの襟元を引っ張る。伸ばすな伸ばすな。ブラ見えてるから。くるっと一回転すんなパンツ見えんだろ。

「……まぁもう着てねぇからやるよ」

「おお、サンクス。じゃあ小町も何か下着をあげるよ」

「ああ、そいつはありがとよ」

本当にくれたら雑巾にでもしようと固く心に誓いながら、俺はコーヒーを啜る。小町はTシャツ改めワンピースパジャマの裾を直しながらキッチンへ向かい、牛乳をレンジで温め始めた。

「っていうか、お兄ちゃん、こんな時間に何してんの？」

「試験勉強だよ。今は休憩に下りてきたんだ」

俺が答えると、小町はへぇと驚く。

「休憩ってことはまだやるつもりなんだ。……お兄ちゃんさ、あれだよ、働き始めたら絶対ビジネスライクな人間になるよ」

「おい、ビジネスライクって仕事好きって意味じゃねぇぞ。お前英語苦手すぎだろ」

「やだなー、お兄ちゃん。小町英語超得意だから。天才だから。アイ・アム・テンサイ」

とても天才とは思えない英語力だった。ジーニアスっつー単語も知らんのか、こいつは。

チーンとレンジが音を立てた。小町はマグカップを両手で持ち、ふぅふぅと冷ましながらこちらへ歩いてくる。

「小町も勉強しようかなぁ……」

「そうしろそうしろ。じゃ、俺勉強に戻るわ。お前も頑張れよ」

俺はコーヒーを一息に飲み干すと席を立つ。と、そのとき、ぐいっとTシャツの後ろを引っ張られ、ぐえあとウシガエルのような声を出してしまった。振り返ると小町がにこにこと笑っている。

「小町も、って言ったよ？　そしたら普通『一緒にやる』って意味だよ？　お兄ちゃん、日本語不自由なの？」

「日本語不自由なのはお前だ……」

まぁ、俺の勉強は一応一段落しているし、アホな妹の勉強を見てやるのもいいだろう。

そんなわけで「妹と夜のお勉強」である。

×　×　×

部屋から自分の勉強道具一式を持ってきてリビングのテーブルに広げた。今日は日本史を重点的にやると決めたので、山川(やまかわ)の問題集と解説書、そしてノート。

一方の小町は英語不得意説が気に入らなかったのか、『中学英語ターゲット１８００』である。

お互い、無言で勉強に励む。俺は問題を解いては答え合わせをし、間違えたものを問題と答えと解説をまるまるノートに写す。それを何度も何度も繰り返す。試験範囲分を一周し終えたころ、小町がぼーっと俺を見ていることに気づいた。

「……なんだよ?」

「んー?　いやー、お兄ちゃん真面目だなーと思って」

「どんだけ上から目線だ。喧嘩売ってんのかこのガキ、そのアホ毛引っこ抜くぞ」

と、俺がちょいと凄んでみても小町はむしろ笑う。

「そう言ってもお兄ちゃん、小町のこと絶対に叩いたりとかしないよね」

「あ?　そりゃお前あれだ。お前を叩いたりしたら俺が親父に殴られるからな。それだけだっつーの。勘違いすんな」

「んふふー。照れてる照れてる♪」

「う…………、うぜぇ……」

とりあえず、イラッ☆ときたぶんだけデコピンしておく。具体的に言うと、消しピン対決で相手の消しゴムを自爆覚悟で抹殺しようとするくらいの力だ。つまり正真正銘全力全開。

「っつぅ〜!」

ぺちっと派手な音を立てたおでこを押さえながら小町が呻いた。額をさすりさすりしながら小町は涙目で俺を睨む。

「むー……。真面目だって褒めたのにデコピンされた……」

「お前がアホなことを言うからだ。いいから勉強しろ勉強」

「そういうところが真面目だよ。やー、世の中にはいろんなタイプの兄や姉がいるよねー。小町が行ってる塾の友達はね、お姉さんが不良化したんだって。夜とか全然帰ってこないらしいよ」

「ほー」

もう小町は勉強をやる気はさらさらないらしい。いつの間にやら、『ターゲット1800』は閉じられている。今や完全に雑談タイムに入ろうとしていた。俺は小町の話を適当に聞き流しながら日本史の勉強を続ける。六四五年、無事の子づくり大化の改新っと。

「でもねでもね、お姉さんは総武高通ってて超真面目さんだったんだって。何があったんだろうねー」

「へー、なんだろうね」

小町の言うことは右から左に消えていく。六九四年、ろくよウグイス藤原京、と。おい、なんだよ、ろくよって。なくよじゃねえのかよ。

しかし、それにしたって眠い。人間は薬物なんかに負けない強い意志を持っている。つまり、どれだけカフェインを摂っても眠いという意志には勝てないのかもしれない。

「まぁ、その子のお家のことだからなんとも言えないけど。最近仲良くなって相談されたんだけどさー。あ、その子、川崎大志君っていってね、四月から塾に通い始めたんだけど」

「小町」

俺はかたりとシャーペンを置いた。一気に眠気は消えていた。

「その大志クンとやらとはどういう関係だ。仲良しとはどういう仲良しだ」

「なんか、お兄ちゃん目が怖いんだけど……」

ちょっと本気の目になっていたらしい。小町が軽く引いていた。や、でもアホな妹のことだ。こちらが気をつけないと何があるかわからん。心配をするのは家族として当然のことだ。変な男に引っかかったりしたら大変じゃないか。

お兄ちゃん、そういうのは許しませんよ?

「まぁあれだ。困ったことになったら言えよ。前に話したろ、奉仕部とかいうわけわからん部活やってるからなんとかしてやれることもあるかもしれないし」

俺がそう言うと、小町はぷっと笑った。

「お兄ちゃんはほんと真面目だよ」

×　×　×

朝である。雀がチュンチュンしていた。いわゆる一つの朝チュンである。

はっと目を開けると、そこはいつもの光景ではなく、知らない天井だった。というか、リビングだった。どうやら勉強しながら寝落ちしていたらしい。覚えているのは小町の交友関係について問いただしたところまでだ。

「おい、小町。朝だぞ」

と声をかけてから、妹の姿が見えないことに気づく。周囲を見渡して小町を捜すこと約二秒。次に窓の外に目をやる。太陽が結構な高度にあった。この確認に約三秒。そして、嫌な予感に冷や汗をかきながら時計を見る。九時半。上から見ても下から見ても九時半。たっぷり五秒は時計と見つめ合っていた。

十秒かけて、衝撃の事実とご対面。

「超遅刻じゃん……」

がくっとうなだれると、テーブルに朝食のトーストとハムエッグ、そして置き手紙があった。

『お兄ちゃんへ。小町は遅刻したくないので先に行くね。頑張るのもほどほどに！
S.P.　朝ご飯はちゃんと食べるように!!』

小町の自画像なのだろうか。女の子っぽいイラストが「めっ！」としていた。

「アホ……。お前はセキュリティポリスかよ」

正しくはP.S.と書いてプレイステーションである。

とりあえず、焦ってもしょうがないのでもぐもぐ朝食を頂きつつ、学校へ向かう準備をする。両親は既に仕事へ行ったらしい。両親共働きなので比企谷家の朝は早いのだ。朝食は母親が作るが夕飯は大抵小町が担当している。

それにしても、誰一人起こしてくれないあたり、俺は愛されていないのだろうかと心配になるが、「今は寝かせてあげよう……」的な優しさなのだと信じたいところだ。

皿を流しに置いて、制服に着替えた。戸締まりを確認してから家を出る。

川沿いをゆったりと自転車で走りながら、空を見上げると気の早い入道雲がその背丈を伸ばそうとしていた。

今日の通学路はえらく静かで落ち着いていた。

いつもはこのサイクリングコース、総武高をはじめ、他校の学生たちのロードレース場と化しているのだ。ほかの連中を抜き去っていくときの「いっけぇ～！　マグナーム！」感は最高に気持ちがいい。「負けるな！　ソニーック！」と対抗してくる奴がいるとさらに燃える。

が、今日行き交っているのはダイエットに励むおば様や犬の散歩をするおじ様、釣り人くらいのものだ。たまにはこういう通学も悪くない。

実際、青空のもとサイクリングしていると思えば、随分と気持ちが良かった。「学校をサボって観る『いいとも♪』は普段の五割増しで面白い法則」に近い。

なのに、学校が近づくと急速に憂鬱になるのは何故なんでしょうか……。

けれども、俺はこそこそすることなく、実に堂々と学校へと入って行った。そう、この時間は教師たちも授業をしているので、遅刻を見つかって怒られるなんてことはない。びくびくするだけ無駄だ。俺は去年通算七二回の遅刻でそれを学んでいた。今年は既に八回遅刻しているのでこのペースなら記録更新できるかもしれない。なんとか高校三年間で二〇〇勝はしたいところだ。

校門に入るまでは順調そのもの。問題は教室である。

俺は駐輪場に自転車を止めると、すたすたと昇降口へと向かう。校舎に入ると一気に重力が増した気がする。ここは惑星ベジータかよ。

階段を上り、人気（ひとけ）のない廊下を歩き、ついに二階の教室へと来た。

俺は扉の前で深呼吸した。そして、扉に手をかける。緊張の一瞬である。

からりと開かれた扉。

そして、物言わぬ瞳（ひとみ）が一斉にこちらに向けられる。教室内に訪れる静寂。ひそひそ話も先生の講義の声も消え失せた。

俺は遅刻が嫌（いや）なのではない。この雰囲気が嫌なのだ。

例えばこれが葉山（はやま）ならどうだっただろうか。

「おい隼人（はやと）ー、何遅れてんだよ！」

「葉山君おそーい！」

「ははは、葉山は本当に仕方ない奴だな」

きっとこんな感じだろう。

だが、俺の場合は誰も何も言わず、どころか一瞬「あの人誰？」みたいな視線を向けられてしまう。俺は静まり返った教室の中を重い足取りで歩く。自分の席に座った瞬間、どっと疲れが出てきた。

はぁ……と思わず、ため息をついてしまった。そこへ追い打ちがかかる。

「比企谷。授業が終わったら私のもとへ来るように」

教卓を拳でこつこつ叩きながら、平塚先生はそう言った。

「はい……」

……詰んだ。うなだれて返事をすると、平塚先生はうむと頷き、白衣を翻して板書に戻る。

というか、授業終わったらってあと一五分しかねぇじゃねぇか！

そして、無情なことにこういう時間は早く過ぎ去るものだ。俺が授業そっちのけで「遅刻の言い訳百選」を考えているうちに、チャイムが鳴り響く。

「では、本日はここまで。比企谷はこちらに来たまえ」

そう言って先生はちょいちょいと俺を手招く。逃げ出したい気持ちをなんとか抑えつけ、俺は前へと向かった。

平塚先生の正面に立つと、先生はぎろっと俺を睨んだ。

「さて、殴る前に一応、私の授業に遅れた理由を聞いてやろう」

殴るのは決定なんだ！

「いや、違うんですよ。ちょっと待ってください。『重役出勤』って言葉があるじゃないですか。つまりエリート志向の強い俺は今から重役になったときのために予行演習をですね」

「君は専業主夫希望だろうが」

「くっ！　……あ、あれです。そもそも遅刻が悪という認識がもう間違いなんですよ！　いいですか？　警察は事件が起きて初めて動きます。ヒーローは遅れてやってくるのが定石です。つまり、彼らはいつも事件そのものには遅れているんですよ！　それでも、彼らの遅刻を責める者がいますか!?　いないでしょう!?　これはもう逆説的に遅刻は正義なんですよ！」

俺の魂の叫びを聞き終えて、平塚先生は何故か遠い目をした。

「……比企谷。一つ教えておいてやろう。力なき正義など、悪と変わらない」

「……せ、正義なき力のほうがよほど悪じゃ、ちょま！　殴るのはノー！」

悪・即・斬。平塚先生の拳が俺のレバーを的確にとらえた。確実なダメージが身体に響く。

俺が痛みに身悶えていると、平塚先生は呆れた様子でため息をついた。

「まったく……このクラスは問題児が多くてたまらんな」

俺はそのまま倒れ込み、咳き込んでしまう。

だが、その言葉には嫌悪感がなく、むしろ喜んでいるかのようにも見える。

「……そう言っているうちにもう一人」

床に転げられた俺のことはほっぽって、先生はかつかつとヒールで床を鳴らし、教室の後ろの扉へと向かう。俺がゴロゴロ転げながらそちらを見ると、鞄を抱えた女生徒が一人、今まさに登校した風で入ってきた。

「川崎沙希。君も重役出勤かね？」

ふっと微笑むように平塚先生は声をかけたが、川崎と呼ばれた女子は一瞬の間を置いて、黙ってぺこりと頭を下げただけだった。そして、倒れ込んでいる俺のそばを通り過ぎ、そのまま自分の席へと向かおうとする。

長く背中にまで垂れた青みがかった黒髪、余った裾の部分が緩く結びこまれたシャツ、蹴りが鋭そうな長くしなやかな脚。印象的なのが遠くを見つめるような覇気のない瞳。そして、職人芸で刺繍されたかのような黒いレース。

その少女はどこかで見覚えがあった……というか、同じクラスだから見覚えくらいはあって当たり前か。

このまま床に寝転んでいて、女子のスカートを覗いてたとあらぬ疑いをかけられても困るので俺はよっと跳ね起きる。

と、そのとき、俺の中で何かが引っかかった。

「……黒のレース、だと？」

そして、浮かんだ疑問が一気に氷解する。

ついこないだ、俺の網膜に焼き付けられた光景がフラッシュバックした。屋上で見かけ、いきなり俺を罵倒したあの女。

そうか、同じクラスだったのか。合点が行ってその川崎沙希という女生徒をもう一度確認しようとしたときである。席へと向かったはずの川崎はその場に立ちつくし、ゆらりと振り返ったままの姿勢で俺を見ていた。

「……バカじゃないの？」

蹴るでも殴るでもなく、川崎沙希はそう言った。羞恥で顔を染めるでなく、怒りで顔を赤らめるでなく、まるで興味がないといった風に、ただ、くだらない、と。

雪ノ下雪乃が凍てついているのだとしたら、川崎沙希は冷めていた。ドライアイスと氷程度には違うだろう。雪ノ下は触れる者に火傷を負わせるのだ。

川崎は呆れたように髪を掻き上げると今度こそ自分の席へと向かう。椅子を引いて座ると、彼女はぼーっとつまらなそうに窓の外を見ていた。

それはむしろ、教室の中をあえて見ないようにするために外を見ているようだった。

そんな彼女に話しかける者は誰一人としておらず、『話しかけんなオーラ』が出ている。だが、『話しかけんなオーラ』を出しているうちはまだ甘い。俺クラスともなると、『話しかけてほしいオーラ』を出しても話しかけられない。

「川崎、沙希、か……」

「比企谷、スカートの中を覗いた女子生徒の名前を感慨深げに呟くのはやめたまえ」

平塚先生が俺の肩に手を置いた。その手がやけに冷たい。

「この件について少し話をしておこう。放課後、職員室まで来たまえ」

×　×　×

小一時間ほど平塚先生のお説教と折檻を受けた後、俺は帰りしなに複合商業施設マリンピアの書店に寄った。

棚を眺め、本を一冊購入。千円札が消え失せ、財布の中では小銭がちゃりちゃりしている。

その後、勉強でもしようとカフェにやってきた。だが、皆考えることは同じなのか、学生客で込み合っている。

やっぱり帰ろうかとしたときに見知った顔を見つけた。

ジャージ姿の戸塚彩加がショーケースのケーキとにらめっこしている。ちなみにうちの学校は制服とジャージ、どちらで登校してもよい。

生クリームよりも甘やかなその光景に気を取られ、砂糖に群がる蟻の如く俺は惹きつけられていく。いわゆる、コッチのみーずはあーまいゾ☆というやつである。おい、それ蛍だろ。

「じゃあ次はゆきのんが問題出す番ね」

と、さらに見知った顔が二つ。

由比ヶ浜と雪ノ下はレジに並んでいる待ち時間の間も無駄にせず、試験勉強に励んでいた。

「では、国語から出題。次の慣用句の続きを述べよ。『風が吹けば』」

「……京葉線が止まる？」

訂正。ただの千葉県横断ウルトラクイズだった。しかも由比ヶ浜、答え間違ってるし。正しくは「最近は止まらずに徐行運転のほうが多い」だ。

この間違いにはさすがの雪ノ下も顔を曇らせる。

「不正解……。では、次の問題。地理より出題。『千葉県の名産を二つ答えよ』」

チクタクチクタクと時計の秒針が刻まれる。由比ヶ浜は真剣な表情でごくりと息を飲み、

「みそピーと、……ゆでピー？」

「おい。落花生しかねぇのかよ、この県には」

「うわぁ！　…なんだ、ヒッキーか、いきなり変な人に話しかけられたのかと思った……」

しまった。出直そうと思っていたのに、由比ヶ浜の間違いに突っ込んだせいでアホ長いレジに並んでしまった。くそっ！　俺の千葉県への愛が恨めしい！

由比ヶ浜の大袈裟なリアクションで戸塚がこちらに振り向いた。そして晴れ晴れとした笑顔を浮かべる。

「八幡っ！　八幡も勉強会に呼ばれてたんだね！」

微笑みながら戸塚は俺の横に並んだ。が、もちろん俺が誰かに呼ばれているはずもなく、由比ヶ浜は「やっぱー。誘ってない人来ちゃったー」みたいな気まずげな顔をした。おい、その反応やめろ、小学生のときのクラスメイトの誕生日会思い出すだろうが。プレゼント持っていったのに俺のチキンがないとか危うく泣くところだった。

「比企谷くんは勉強会に呼んでないのだけれど、何か用？」

「雪ノ下、人を傷つけることだけを目的とした事実確認はやめろ」

まったく、俺の精神が弱かったら大変なことになってるぞ、お前が。具体的には「うわああああぁ」とか言いながら椅子で殴る。俺の類い稀なる強靭な精神にぜひ感謝してほしい。

「や、ヒッキーにも声かけようと思ったんだけど、呼び出し喰らってたし……」

「いや、別に気にしてねぇけど……」

こういうことにはもう慣れてるしな。

「比企谷君もここに試験勉強をしにきたの？」

「ああ、まぁな。お前らもか」

「もちろん。もうテスト二週間前切ったしね」

「いや、お前は試験勉強の前に千葉県について勉強し直せ。今の問題、サービス問題だろ」

「別にサービスではないと思うけれど……。地理より出題。『千葉県の名産を二つ答えよ』」

雪ノ下が俺を試すかのように、さっきと変わらぬ抑揚で出題した。

「正解は『千葉の名物、祭りと踊り』だ」

「『名産』って言ったでしょ。だいたい『千葉音頭』の歌詞なんて誰も知らないわよ……」

雪ノ下がドン引きしていた。いや、お前わかっちゃってるじゃん。逆に引くわ。ちなみに『千葉音頭』は千葉の盆踊りであり、千葉では『なのはな体操』ばりにメジャーだ。千葉県民は皆どちらも歌って踊れる。ついでに『なのはな体操』に歌詞はないが何故か歌える。

そうこうしているうちにレジの順番は巡り、次が俺たちの番だ。すると由比ヶ浜がニヤリと笑う。

「ヒッキー、おごってー♪」

「ああ？　別にいいけどよ……。何飲む？　ガムシロ？」

「あたしはカブトムシかっ！　おごりたくないなら素直に言ってよ！」

ばれたか。そもそも俺が由比ヶ浜におごらねばならん理由がない。俺たちのやり取りを見て雪ノ下はふぅと短いため息をつく。

「……みっともないからやめなさい。そういうの、あまり好きではないわ。すぐたかろうとする人は屑ね」

珍しいことに俺も雪ノ下と同じ意見だった。

「そうだな。俺も嫌いなタイプだ」

「ええーっ!?　じゃ、じゃあもう言わない！」

「いや別に仲良い奴ら同士の冗談ならいいんじゃねぇの。お前は内輪で好きなだけやれば？」

「ええ、そうね。私の内輪のことではないし、構わないわ」

「あたし、二人に内輪扱いされてないとかちょっとショックだ！」

由比ヶ浜が雪ノ下に泣きつくのを横目で見つつ、レジが俺の番になった。ブレンドコーヒーを注文すると、できる店員さんは素早く作り上げた。

「三九〇円になります」

俺がポケットに手を入れたときだ。つい先ほどの記憶が脳裏に蘇る。書店で俺はラノベを買って、それでどうした？　ちょうど千円持ってて支払って、お釣りが……。……今日俺金持ってないじゃん。でも、もう品はできちゃってるし今さら断れないだろこれ。

俺は後ろの二人にこっそりと話しかける。

「すまん。今日、金持ってなかったわ。悪いけど、おごってくれん？」

「……この屑」

雪ノ下は間髪容れずに俺を屑認定し、由比ヶ浜は呆れ顔でため息をついた。

「はぁ、仕方ないな」

……ゆ、由比ヶ浜さん！　きた！　女神きた！　これで勝つる！

「そのコーヒー、あたしが注文するから、ヒッキーはガムシロでも飲めば？」

……何この悪魔。女神転生かよ。

「は、八幡、ぼくが出すから！　気にしなくていいよ？」

戸塚が優しく微笑みかける。戸塚マジ天使。ハグしちゃおうかとしたところを、雪ノ下が冷めた声で割って入ってきた。

「甘やかしてもいいことないわよ」

「そういうのは一度でも俺を甘やかしてから言え」

結局、戸塚が立て替えてくれたので、俺は戸塚にお礼を言いつつ、席を探す。三人が商品を受け取るのを待っている間にこれくらいはしておくべきだろう。

ちょうど、四人連れが席を立ったのですかさずそこへ滑り込んだ。テーブルにトレイを置き、鞄を素早く放る。と、勢い余って鞄はソファを滑っていってしまった。

それを横の席に座っていた制服姿の美少女がそっと押し戻してくれた。文句の一つも言わない、お淑やかで奥ゆかしい態度に俺は会釈を返す。

「あ、お兄ちゃんだ」

その美少女は俺の妹、比企谷小町だった。中学校の制服のまま、嬉しそうな笑顔を浮かべ、手を振ってきた。

「…………お前、ここで何してんの？」

「や、大志君から相談を受けてて」

言って小町は向かいの席に振り返る。そこには学ラン姿の中学生男子が座っていた。

　そいつは俺にぺこりと一礼する。俺は知らず知らず警戒態勢に入っていた。なぜ、なぜ男子が小町と一緒にいるんだ……。

「この人、川崎大志君。昨日話したでしょ？　お姉さんが不良化した人」

　そういえばそんな話をされた気もする。ほとんど聞き流していて、六九四年ろくよウグイスしか覚えていない。いったい六九四年に何があったのだろうか……。

「で、どうしたら元のお姉さんに戻ってくれるか相談されてたんだけど。あ、そだ。お兄ちゃんも話聞いたげてよ。困ったことがあったら言えって言ってたし」

　ああ、なんか昨日勢いで「俺に任せて先に行け！」的なことを口走ってしまった気がする。確かに妹のためならそれくらいのことしてやるつもりではあるが、正直妹の友達、ましてや男子のために何かしてやるつもりはこれっぽっちもないんだが……。

「そうか、わかった。でもな、まずはご家族でよく話し合ってそれからでも遅くはないと思うぞ。うん、むしろ遅くないどころか早すぎるレベルだな」

　うまいこと綺麗事で丸め込まれてくれないだろうか。そして早く小町から離れて帰ってくれないだろうか。そう思いつつ、その大志とやらに先輩ぶってみた。

「それは、そうなんすけど……、最近ずっと帰りが遅いし、姉ちゃん親の言うこと全然聞かないんすよ。俺が何か言ってもあんたに関係ないってキレるし……」

　そう言って大志はうなだれる。彼は彼なりに思いつめているようだった。

「……もうお兄さんしか頼れる人がいなくて」

「お前にお兄さんと呼ばれる筋合いはねぇ！」

「何を頑固親父みたいなことを喚いているの」

後ろから冷静な声が降ってきた。俺が振り返ると、そこには雪ノ下たちがもう来ている。俺と揃いの制服を着ていることで知り合いだと判断した小町が素早く営業スマイルを浮かべた。

「やー、どうもー。比企谷小町です。兄がいつもお世話になってます」

そう言いながらぺこぺこと挨拶をする小町。昔から外面は妙にいいのがこいつの特徴だ。一方でもう一人のお客である大志君は会釈と礼の中間くらいの中途半端な角度で頭を下げると、自分の名を名乗るだけに留めた。

「八幡の妹さん？　初めまして、クラスメイトの戸塚彩加です」

「あ、これはご丁寧にどうもー。うはー可愛い人ですねー、ね、お兄ちゃん？」

「ん、ああ、男だけどな」

「ははー、またまた御冗談を。ははは何言ってんのこの愚兄」

「あ、うん。ぼく、男の子、です……」

そう言って戸塚は恥じらうように頬を染めて顔を背ける。……あれ!?　本当に男だったたっけ、こいつ？

「え……ほんとに？」

小町に肘を突っつかれて問われる。

「悪い、ちょっと自信なくなってきたが、たぶん男だ。可愛いけどな」

「そ、そうなんだ……」

小町は未だ半信半疑の表情で戸塚の顔をじろじろと眺める。「まつ毛なが一い、肌きれ一い」とか言う度に、戸塚は視線から逃れようと真っ赤な顔で身じろぎした。

そんな戸塚の姿は可愛いのでずっと見ていたいのだが、「た、助けて……」というアイコンタクトを受け取って小町を引きはがす。

「もうその辺でいいだろ。それと、こっちが由比ヶ浜で、そっちが雪ノ下な」

手短に紹介をしてやると小町はようやく二人に向き直った。目が合ってしまったのか、由比ヶ浜が、たははと笑って自己紹介する。

「は、初めまして……。ヒッキーのクラスメイトの由比ヶ浜結衣です」

「あ、どうも一、初めま……ん？　ん一……」

小町の動きが止まった。じーっと由比ヶ浜を見つめ、由比ヶ浜はたらたらと汗を流して目を逸らす。なに、蛇と蛙？　三秒ほど見つめ合っていたところに声がかかる。

「……もういいかしら？」

律儀にも待っていたのだろう、雪ノ下の冷静な声が割って入った。その声音だけで由比ヶ浜も小町も黙って顔を向けるのだから凄い。冷たく、透き通るような声はとても静かで密やかだった。なのにしっかりと耳に届く。それはしんしんと降り積もる新雪の音を聞こうとするのに似ていた。

だから、黙る、というよりは息を飲む、と言ったほうが正解だろう。小町は目を見張り、雪ノ下に釘づけだった。その様子は傍から見るに、一瞬で魅了されたようだった。

「初めまして。雪ノ下雪乃です。比企谷くんの……。比企谷くんの何かしら……クラスメイトではないし、友達でもないし……誠に遺憾ながら、知り合い？」

「何その遺憾の意と疑問形……」

「いえ、知り合いでいいのかしら。私、比企谷くんのこと名前くらいしか知らないのだけれど。より正確に言うのならば、それ以上のことを知りたくもないのだけれど。それでも知り合いと呼ぶのかしら」

酷い言い草だ。けど、考えてみりゃ知り合いの定義も曖昧だ。友達のほうがまだなんとなくわかる。一度顔を合わせただけの人間を知り合いと呼んでしまってもいいのだろうか。では、何度も会っていれば知り合いなのだろうか。どれだけの情報量を有していれば知り合いと呼べるのだろうか。

まぁ、定義も定かではない呼称を使うのはよろしくないだろう。とりあえず、ここは確定している事実を優先するべきである。

「とりあえず、同じ高校とか同窓生とかでいいんじゃねぇか」

「なるほど……。では、訂正するわ。誠に遺憾ながら同じ高校の雪ノ下雪乃です」

「遺憾の意はそのままなのかよ……」

こっちは遺憾のイどころか、遺憾のイカくらいまでいっちゃいそうだよ！

「でも、ほかに言いようがないもの」

「あ、いえ、今ので兄との関係性はだいたいわかったので大丈夫ですよ」

少し困ったような顔をしている雪ノ下に小町が優しく語りかける。理解の早い妹で助かるが、兄への愛が足りないと思う。

「……あの、俺どうすればいいっすかね？」

「ん？　あ、ああ……」

振り返ると大志君が困ったような顔で手持ち無沙汰そうにしていた。

俺ですら置いてけぼり感満載なのに、知り合いが小町しかいないこの状況では滅茶苦茶居づらいだろう。いや、ほんと知り合いの知り合いとかそういう立ち位置で変なところへ連れていかれるとほんと困る。ましてや、年上ばかりだとさらに気を遣う。気を遣って余計なことを言うまいとし、「どうしたの？　静かだね」とか逆に気を遣われて死にたくなったりするものだ。話を聞いているふりをして相槌を打つ、ときどき曖昧な笑顔で笑うくらいしか選択肢がなくなる。

その点、何とか話しかけようと頑張った大志はなかなかコミュ力が高い。将来有望な男だと言っていいだろう。……まぁ小町を任せるほどではないけどな。

「あの、川崎大志っす。姉ちゃんが総武高の二年で……、あ、姉ちゃんの名前、川崎沙希っていうんすけど。姉ちゃんが不良っていうか、悪くなったっていうか……」

ごく最近その名前を聞いた覚えがある。なんだったかなとブレンドコーヒーにミルクを一たらししたとき、記憶の奔流が俺を襲った。黒と白とのコントラストがグラデーションへと変わり視覚を刺激する。……そうか！　黒レースの女だ！

「うちのクラスの川崎沙希か」

「川崎沙希さん……」

雪ノ下は川崎のことをよく知りはしないのか、その名前を口にして小首を捻る。だが、由比ヶ浜はさすがに同じクラスだけあって、ぽんと手を打った。

「あー。川崎さんでしょ？　ちょっと不良っぽいっていうか少し怖い系っていうか」

「お前、友達じゃないの？」

「まぁ話したことくらいはあるけど……。友達、ではないかなぁ……。ていうか、女の子にそういうこと聞かないでよ、答えづらいし」

由比ヶ浜は微妙に言葉を濁した。女子の間でもグループとか派閥とか組合とかギルドとかまぁ、いろいろあるんだろう。とりあえずこの口ぶりでは川崎と由比ヶ浜たちの関係はさほど良好ではないようだ。

「でも、川崎さんが誰かと仲良くしているところって見たことないなぁ……いつもぼーっと外見てる気がする」

「……ああ、そんな感じだな」

戸塚の言葉で教室での川崎の姿を思い出した。あの灰色がかった瞳で、ただ流れる雲を見つめていた一人の少女。その視線は確かに教室に注がれていたのではなく、もっと遠くを、ここではないどこかを見つめていた。

「お姉さんが不良化したのはいつぐらいからかしら？」

「は、はいっ！」

出し抜けに雪ノ下に話しかけられて大志はびくっと反応する。一応、注釈しておくと雪ノ下が怖いというだけではなくて、美人のお姉さんに話しかけられて緊張しているのだ。これが中学生男子的正しい反応。俺が中学生でもたぶんそうなる。だが、高校生の今となっては怖いだけである。

「え、えっと……、姉ちゃん、総武校行くぐらいだから中学のときとかはすげぇ真面目だったんです。それに、わりと優しかったし、よく飯とか作ってくれてたんす。高一んときも、そんな変わんなくて……。変わったのは最近なんすよ」

「高二になってからってことか」

俺が言うと、大志は「はい」と返事をした。それを受けて雪ノ下は思案を始める。

「二年生になってから変わったことで何か思い当たるのは?」

「無難なところでクラス替えとかじゃない? F組になってから」

「つまり、比企谷くんと同じクラスになってからということね」

「ねぇ、なんで俺が原因であるかのような言い方してんの? 俺は病原菌なの?」

「そんなことは言ってないわ。被害妄想が過ぎるんじゃないの、比企谷菌」

「言ってるから、菌って超言ってるから」

「噛んだだけよ」

雪ノ下は取り澄まして言う。

いや、しかしほんと菌扱いはトラウマを刺激するからぜひやめてほしい。俺が触っただけで「比企谷菌だぁ~!」「タッチー!」「今、バリヤしてましたー」とか始まるんだぜ? 小学生残酷すぎるでしょ「比企谷菌にバリアは効きません~」とかどんだけ強力なんだよ。

「でもさ、帰りが遅いって言っても何時くらいなん? あたしもわりと遅かったりするし。高校生ならおかしくないんじゃない?」

「あ、は、はぁ、そうなんすけど」

大志君はしどろもどろになりながら由比ヶ浜から視線を逸らす。これはあれだ、やけにえっちぃお姉さんに話しかけられて照れているのだ。これが中学生男子的反応。高校生の今となってはむしろビッチ相手には何を言ってもいいやと思うようになる。

「でも、五時過ぎとかなんすよ」

「むしろ朝じゃねぇかそれ……」

そりゃ遅刻もするわ。寝れても二時間とかそこらだもんな。

「そ、そんな時間に帰ってきて、ご両親は何も言わないの、かな?」

「そっすね。うちは両親共働きだし、下に弟と妹いるんであんま姉ちゃんにはうるさく言わないんす。それに時間も時間なんで滅多に顔合わせないし……。まぁ、子供も多いんで結構暮らし的にいっぱいいっぱいなんすよね」

戸塚が心配そうに話しかけると、大志はわりと普通に言葉を返す。ふむ、中学生男子にはまだ戸塚の魅力はわからないか。高校生の今となってはむしろもう超可愛い。

「たまに顔を合わせてもなんか喧嘩しちまうし、俺がなんか言っても『あんたには関係ない』の一点張りで……」

大志は困り果てた様子で肩を落とす。

「家庭の事情、ね……。どこの家にもあるものね」

そう言った雪ノ下の顔は今までに見たことがないほどに陰鬱なものだった。その顔は悩みを話しに来た大志と同じように、否、それ以上に泣き出しそうだった。

「雪ノ下……」

俺が声をかけたとき、ちょうど雲が太陽を隠したのか、ふと影が差す。そのせいで、俯いた雪ノ下の表情はよく見えない。ただ、力なく落とされた肩だけが短いため息をついたことを教えてくれた。

「何かしら?」

顔を上げてそう答えた雪ノ下の表情はいつもと変わらぬ、冷たい表情。

陽が雲間に隠れたのは一瞬だった。その刹那についたため息の意味を俺はまだ知らない。

雪ノ下の様子の変化に気づいたのは俺だけだったのだろう。大志たちは普通に話を続けていた。

「それに、それだけじゃないんす……。なんか、変なところから姉ちゃん宛に電話かかってきたりするんすよ」

大志の言葉に由比ヶ浜が疑問符を浮かべる。

「変なところー?」

「そっす。エンジェルなんとかっていう、たぶんお店なんですけど……店長って奴から」

「それの何が変なの、かな?」

戸塚が問うと、大志は机をバンっと叩いた。

「だ、だって、エンジェルっすよ!? もう絶対やばい店っすよ!」

「え、全然そんな感じしないけど……」

若干引きながら由比ヶ浜はそう言うが、俺にはとてもよくわかる。

なぜなら俺の中二エロセンサーがそう告げているのだ。例えば、この「エンジェル」という単語に「歌舞伎町」とつけてみよう。ほら、エロさが五割増した。ついでに、「スーパー」とかつけておくとさらに四割増しでエロく感じる。

これはもう絶対にエロいお店である。

そこに気づくとはこのガキ、なかなか見込みがある。

「まぁ、待て落ち着け大志。俺にはすべてわかっている」

大志は理解してもらえたことが嬉(うれ)しいのか、熱くなった目頭をぐいと拭(ぬぐ)うと俺に熱い抱擁(ほうよう)をしてくる。

「お、お兄さんっ！」

「ははは、お兄さんって呼ぶな？　殺すぞ？」

男二人がエロスという名の確かな魂の絆(きずな)を結んでいる間にも、冷静な女子たちは今後の方針を決めつつあった。

「とにかく、どこかで働いているというならまずはそこの特定が必要ね。あの阿呆(あほう)どもが言うように危険なお店でないとしても、朝方まで働いているのはまずいわ。突き止めて早くやめさせないと」

「んー、でもやめさせるだけだと、今度は違う店で働き始めるかもよ？」

由比ヶ浜が言うと、小町(こまち)がうんうんと頷(うなず)く。

「ハブとマングースですね」

「……いたちごっこと言いたいのかしら」

ああ、妹よ。頼むから比企谷(ひきがや)家の恥を晒(さら)さないでおくれ……。雪ノ下(ゆきのした)呆(あき)れてるじゃん。

「つまり、対症療法と根本治療、どちらも並行してやるしかないということね」

雪ノ下が結論を出すのと、俺が大志(たいし)を引きはがすのとはほぼ同時だった。

「おい、ちょっと待て。俺たちが何かするつもりなのか？」

「いいじゃない。川崎(かわさき)大志君は本校の生徒、川崎沙希(さき)さんの弟なのでしょう。ましてや、相談内容は彼女自身のこと。奉仕部の仕事の範疇(はんちゅう)だと私は思うけれど」

「いや、でも部活停止期間だし……」

「お兄ちゃん」

ちょいちょいと背中を突っつかれた。振り返れば小町(こまち)がにこにこと微笑(ほほえ)んでいる。

これは小町がお願いをするときの笑顔である。その昔、クリスマスプレゼントで俺のお願い分を妹に消費されたときも小町はこの表情を浮かべていた。なんで俺がサンタさんにラブアンドベリーのカード頼まなきゃいけねぇんだよ。

両親の後ろ盾(だて)という最強の切り札を持つ小町に俺は逆らうことができない。くそ、ほんと可愛(かわい)くねぇなこいつ……。

「わかったよ……」

俺が渋々言うと、大志は歓喜の声を上げて高速でお辞儀をした。

「は、はい！　すんません、よろしくお願いします！」

×　×　×

翌日から川崎沙希更生プログラムはスタートした。

放課後、俺が部室へ行くと雪ノ下が小難しげな本を手に待っていた。

「では、始めましょう」

その言葉に俺と由比ヶ浜は頷く。そして、何故か戸塚もいた。

「戸塚、無理に付き合わなくてもいいんだぞ」

というか、雪ノ下のトンデモぶりに付き合わせるのは非常に心苦しい。おそらく、ろくでもない目に遭うことだけは間違いないのだ。だが、戸塚は笑顔で首を振る。

「ううん、いいよ。ぼくも話聞いちゃったし。それに、八幡たちがどんなことするのか興味あるし……。お邪魔じゃなかったら、付き合いたい、な」

「そ、そうか。じゃあ……、付き合ってくれ」

無意識のうちに、「付き合ってくれ」の部分だけ男前な顔で言ってしまった。いや、だってさ、ジャージの袖をきゅって掴みながら上目づかいで付き合いたいなんて言うんだぜ？

ここで決めなきゃ男がすたる！　……まぁ、戸塚君は男の子なわけですが、はぁ。

部活停止期間中、放課後の校舎に残っている人は多くない。俺たちのほかは自主的に校内で勉強している連中と、遅刻指導で呼び出しを喰らっている川崎沙希くらいのものだろう。ちなみに遅刻指導とは一か月に五回以上遅刻すると職員室に呼び出されることをいう。

川崎も今ごろは平塚先生につかまり、懇々とお説教をされているはずだ。

「少し考えたのだけれど、一番いいのは川崎さん自身が自分の問題を解決することだと思うの。誰かが強制的に何かをするより、自分の力で立ち直ったほうがリスクも少ないし、リバウンドもほとんどないわ」

「まぁそりゃそうだろうな」

不良に限らないが、自分の行いを他人にあれこれ言われるのはやはり腹立たしいものである。たとえそうした苦言を呈するのが親しい人だったとしても反発心は生まれてしまう。わかりやすくいえば試験前に母ちゃんから言われる「あんたごろごろしてないで勉強したら？」である。これを言われると「あーっ！　んだよ、今からやろうと思ってたのに！　あーもうやる気なくしたわー」となるのと同じことだ。

「で、具体的にはどうすんだ？」

「アニマルセラピーって知ってる？」

アニマルセラピーとは、簡単にいってしまえば動物と触れ合うことで、その人のストレスを軽減させたり、情緒面での好作用を引き出そうという一種の精神的治療法のことだ。

雪ノ下が簡単にそのあたりのことを説明し、それをふんふんと由比ヶ浜が聞いている。

まぁ、そう悪い方法じゃなかろう。大志の話によれば川崎はもともとは真面目で心優しい女の子だったということだ。これをきっかけにもとの心優しい部分を引き出せるかもしれない。

だが、問題もある。

「そのアニマルはどっから調達するんだ？」

「それなのだけど……、誰か猫を飼っていないかしら？」

雪ノ下の問いに戸塚はふるふると首を振って答える。可愛いなぁ、もうこの可愛いアニマルでいいじゃん。効果抜群だよ。

「うち、犬ならいるけどダメ？」

由比ヶ浜が人差し指と小指をピンと立て、親指中指薬指を合わせてハンドサインを作った。

おい、それ狐じゃね。

「猫のほうが好ましいわ」

「違いがよくわからんのだが……あれか、何か学術的な理由でもあるのか？」

「特にないけれど、……とにかく犬はダメなのよ」

そう言って雪ノ下は視線をふいっと逸らした。

「……それってお前が犬苦手なだけなんじゃねぇの？」

「そんなこと一言も言っていないでしょう？　短絡的に決めつけるのはやめて頂戴」

むっとした表情で雪ノ下が言うと、そこに食いついてきたのは由比ヶ浜だった。

「うっそ、ゆきのん、犬嫌いなの？　なんでなんでっ!?　あんなに可愛い生き物いないよ!?」

「……それは由比ヶ浜さんが犬が好きだからそう感じるのよ」

雪ノ下の声はいくらかトーンが下がっていた。なんだ、こいつ犬にも何かトラウマがあんのか。昔嚙まれでもしたのかな。まぁ、嫌だってんなら無理強いさせなくてもいいだろう。とりあえず雪ノ下の弱点を一つ知れただけでよしとしておこうじゃないか。

「うちは猫飼ってる。うちのでいいか？」

「ええ」

了解を得たところで俺は小町に電話をかける。なんかよくわからん変な音楽がちゃんちゃらと鳴っていた。何このコール音、なんでこいつの携帯歌ってんの。

『はいはーい。小町だよ』

「ああ、小町。今お前家いる？」

『うん、いるよー。それが何？』

「猫いんだろ猫。悪いんだけど、うちの学校まで連れてきてくんね？」

『えー？　なんでー？　カー君重いからヤだよ』

カー君というのはうちの猫の名前である。もともとはカマクラという名前なのだが、長ったらしいのでいつの間にか略されていた。名前の由来はカマクラみたいに丸くなっていたからだ。

「いや、なんかさ、雪ノ下が連れてこいっつーんだよ」

『すぐ行く』

ツーーッツーという電子音がいきなり聞こえて、通話が途切れた。……え？　なんでこいつ雪ノ下って言った瞬間、態度変えてんの？　俺が頼んだときは渋ったのに！

俺は何か釈然としない思いのまま携帯をしまう。うちの高校は地域でも有名だし、迷わずに来られるだろう。

「すぐ来るってよ。外で待ってていいか？」

そう雪ノ下に告げ、校門で待つこと二十分、小町はキャリーケース片手に颯爽と現れた。

「ごめんなさいね、わざわざ来てもらっちゃって」

「いえいえー、雪乃さんの頼みですからー」

にこにこ笑顔で答えながら、小町はキャリーバッグの上部を開けてみせる。

そこにはカマクラがででんと鎮座していた。「あ？　なに見てんだよ、おい」みたいなふてぶてしい顔で俺を睨み返してくる。なんとも可愛げのない猫である。

「わー、可愛いねー！」

そう言って戸塚がカマクラを撫でまわす。カマクラは「おいおい、マジかよ！　ちょまっ！腹はやめて腹は！　モフんなっつーの！」と身を捩りながらも、なすがままにされている。

「で、こいつどうすんの?」

俺は戸塚からカマクラを受け取ると、首の後ろの皮を摑んでびろーんと吊り下げて持つ。ちなみにこの持ち方は間違っており、猫は抱えるように持つのが正しい。

「段ボール箱に入れて、川崎さんの前に置いておくわ。川崎さんの心が動かされればきっと拾うはず」

「ひと昔前の番長じゃねぇんだからさ……」

不良=捨て猫ってお前の思考は団塊ジュニアかよ。

とはいえ、川崎と親しいわけでもない俺たちがアニマルセラピーを敢行するにはこうした間接的手法に頼らざるを得まい。

「じゃあ、段ボールもらってくるわ」

俺は近くにいた由比ヶ浜に猫を預けようとした。が、由比ヶ浜はひょいっと一歩下がる。

……いや、受け取れし。もう一度、今度は「由比ヶ浜」と声をかけてカマクラを差し出す。

すると、またもや由比ヶ浜はそれを避けた。

「なんだよ……」

「あ。や、な、ななななんでもないっ!」

そう言っておずおずと由比ヶ浜は手を伸ばしてくる。その手を見て、カマクラがにゃーと鳴いた。その鳴き声にびくぅっ! と反応して手が引っ込められてしまう。

「もしかして……お前猫苦手なの？」

「は、はぁ!?　そ、そんなわけないから！　むしろ好きだし！　や、やーもー、か、可愛いなあー。にゃ、にゃ、にゃーん」

声が震えている。そんなわけのわからん無理をする必要どこにもないだろうに。

「小町、頼む」

俺は小町にカマクラを渡す。すると、カマクラは急に心地よさそうにごろごろ言い出した。

やべぇ、俺猫にも嫌われてるぞ。

「じゃ、行ってくる」

たぶん、事務室に行けばあるはずだ。猫によっては気に入る箱と気に入らない箱とがあるのだが、うちの猫については大抵の箱はＯＫだ。

あと、何故かビニールが好きで、コミックスのシュリンクのビニールなどはよく舐めている。それ美味しいのかよ。

ついでにビニール袋も貰っておくか……、などと対猫用好感度アップについて考えながら歩いていると、足早に由比ヶ浜が追いかけてきた。

「あ、あのさ、ほんと猫、嫌いなわけじゃないから」

「ん？　ああ、まぁ別に嫌いでもいいんじゃないの。雪ノ下も犬嫌いっぽいし。俺も虫とか嫌いだし」

あと、ついでに人も嫌いである。

「や、ほんとに嫌いじゃないんだよ。可愛いとは思うし」

「なんだ？　猫アレルギーとかそういうことか？」

「そういうんじゃなくてさ……。その、猫っていなくなるでしょ？　だから、ちょっと悲しくなるっていうか」

そう言ったときの由比ヶ浜は普段の元気さと裏腹にとてもしおらしく、寂しげな瞳をしていた。歩調がゆっくりとしたものに変わり、自然俺もそれに合わせる。

「あたし、昔団地住んでてさ。流行ったのよ、隠れて猫飼うブーム」

「そんなムーブメント初めて聞いたぞ……」

「団地住みの子供にはそういう時期があるの！　団地ってペット飼えないじゃない？　だから、親に黙って野良猫を飼うんだけどね。いつの間にか、いなくなっちゃうんだよ……」

だから、苦手。

と由比ヶ浜は言った。いつもの、何かを誤魔化すような笑い方で。

幼いころの由比ヶ浜結衣にとって、その離別はいったいどう映っただろうか。あんなにも可愛がったはずなのに、心を通わせ仲良くしたのに、何故消えてしまったのかと、そう恨んだのかもしれない。それは裏切りであったかもしれない。

だが、今の彼女なら知っているだろう。猫は死期を悟ったとき、飼い主のもとから去るという話を。

なら、成長した由比ヶ浜結衣にとって、その惜別はどう思い返されるだろう。もしかしたら後悔かもしれない。

こんなのは俺の想像でしかないし、事の真相はまったく違うのかもしれない。けど、それでも由比ヶ浜結衣の悲しさと優しさは真実であると思う。

俺たちは黙って何一つ言葉を交わすことなく、別に重くもない段ボールを二人で運んだ。

×　×　×

カマクラは段ボール箱に収まると、前足でその感触を確かめる。ふみふみと三回ほど地ならしをすると、「へぇ……結構いいんじゃないの？」と満足げな様子でごろごろ言い出した。

さて、あとはこれで川崎沙希の登場を待つばかりである。問題はいつ彼女が現れるかわからないことだ。平塚先生のお説教はあの人の気分次第で時間が変わる。

「もしものために役割分担をしておきましょう」

そう提案した雪ノ下を司令塔とし、戸塚を職員室前へ張り込ませ、由比ヶ浜を駐輪場側へ配置。小町は連絡要員。そして、俺が段ボール箱を抱えてダッシュする役目を仰せつかった。

とはいえ、ほかの連中はともかく、俺の場合は指示が下るまでは暇そのものだ。待機の間、英気を養おうと近くの自販機でスポルトップを買ってくる。紙パックにストローを刺し、一口二口含みながら戻ってきたところだ。

「ニャー」

聞き慣れたカマクラの鳴き声がした。

「にゃー」

聞き慣れない女の子の声がした。

思わず、周囲を確認したが雪ノ下以外の女の子は近くに見当たらない。とりあえず、その背中に声をかけた。

「……何してんのお前」

「何が?」

俺が聞くと、雪ノ下はしれっと答える。

「いや今お前猫に話しかけ」

「それより、あなたには待機命令を出したはずだけれど、そんな簡単なこと一つできないのね。あなたの程度の低さは計算に入れていたつもりだけど正直ここまでとは思っていなかったわ。小学生以下の脳みそにはなんて命令すれば伝わるのかしら」

いつもの五割増しくらいで雪ノ下は冷たく、容赦がない。何より、「それ以上喋れば殺す」と目が語っていた。

「りょ、了解。待機に戻るであります……」

トボトボと待機していたベンチへと戻る道すがら、携帯がぶるぶる震えた。見知らぬ番号からの着信だった。このタイミングで電話してくるとしたら、小町か由比ヶ浜か戸塚、もしくは雪ノ下だけだ。小町と由比ヶ浜は番号を知っているし、雪ノ下はさっきの今で俺に電話はしてこないだろう。……ということは、戸塚からか!?

「も、もしもし!?」

『あ、お兄さんっすか？　比企谷さんから番号聞いたんすけど』

「俺には弟も義弟もいねぇ」

ぷつっと切るとすぐさまノータイムで電話が来る。無視してもなかなか諦めてくれないので、こちらが諦めることにした。

『ちょ、なんで切るんすか！』

「なんだよ」

『いや、さっき猫がどうとかって聞いたんすけど、姉ちゃん猫アレルギーなんすよ』

……。あれ、この計画やばくね？

「お前さ、なんでそういうこともっと早く言わないの？」

『すんません、ぼくも今聞いたんす』

「あー、わかったわかった。知らせてくれてサンキュな。じゃ」

今度こそばつっと切ると、俺は足早に雪ノ下のもとへ向かう。雪ノ下はカマクラの前にしゃがみこんで、カマクラの喉をこりこりしたり、肉球をぷにったりしていた。

「雪ノ下」

声をかけると、猫からすっと手を離し「今度は何？」とばかりに睨みつけてくる。いや、さっきのはもう忘れたから。そんなに睨むと逆に思い出しちゃうだろうが。

「今、大志から電話きたんだけどさ、川崎、猫アレルギーなんだってよ。だから、猫置いといても拾わないと思うぞ」

「……はぁ。中止ね」

そう言うと、雪ノ下は名残惜しそうにカマクラの頭を撫でた。にゃー。

撤収の連絡をすると、由比ヶ浜も戸塚も小町も戻ってきた。

「お兄ちゃん、川崎くんから電話来た？」

「ああ、来たよ。けどな、あんまりみだりに番号教えんなよ。危ないことになったらどうすんだよ。個人情報は取り扱いに気をつけろ」

「別に比企谷くんの個人情報なんて大した価値はないでしょう」

少しばかり冗談めかした感じで雪ノ下が茶々を入れてきた。

「俺じゃなくて小町の話だよ。いいか？　あんまり気軽に教えちゃだめだぞ？　特に男子相手は」

「やだなー、小町その辺はちゃんと見極めてるよー?」

小町は俺の忠告を笑顔で受け流す。まぁ、要領だけはいい妹のことだ。そういったあれこれは俺よりもよほどうまくやるだろう。

むしろ、うまくやらなければならないのはこちら側である。アニマルセラピー作戦が潰えた以上、次の方策を練らねばならない。何か腹案はないのかと雪ノ下のほうへ振り返った。

すると、雪ノ下は俺と小町を交互に見て、ぽつりと漏らした。

「……兄妹仲がいいのね。……少し、羨ましい」

「あ? ああ、一人っ子の奴はたいていそう言うよな。そんないいもんじゃねぇっての」

「いえ、私は……。……やっぱり、なんでもないわ」

珍しいことに、雪ノ下は言いかけてやめた。いつもは余計な一言までも歯切れよくばしばし言うのに。何か悪いものでも食べたのだろうか、由比ヶ浜のクッキーとか。

「さて、どーする? 何か考えないとな」

「あ、あの……」

おずおずと手を上げたのは戸塚だった。雪ノ下と由比ヶ浜とを交互に見て「ぼ、ぼくが何か言ってもいいのかな……」と不安げな眼差しを送る。いいに決まってるだろう、ほかの誰が許さなくとも、俺がお前を許す! たとえ許されない恋だったとしても!

「どうぞ。自由に言ってもらって構わないわ。私たちも助かるし」

「じゃあ……、あのさ、平塚先生に言ってもらうっていうのはどうかな？　ご両親だと距離が近すぎるから言えないことっていうのもあると思うんだ。でも、ほかの大人にならなら相談できるんじゃないかなぁ？」

おお、真っ当な意見だ。確かに、親が相手だからこそ言えないことというのはある。例えばエロ本のあれこれとか、恋愛がらみのことなんて絶対に親に言いたくないことだ。あと、学校行ったら俺の机がベランダにあったとか下駄箱にゴミ入れられてたとか、ラブレターもらってウキウキしてたら同級生の悪戯だったとか、そういうのって言えないよな。

だから、第三者。それも人生経験が豊富で頼りがいのある大人に一肌脱いでもらうというのはありかもしれない。

「でも、平塚先生だしなぁ……」

不安要素はそこである。あんな痛々しい人を果たして大人と呼べるのだろうか。大人なのは胸だけなのではないだろうか。

「平塚先生はほかの教師に比べて生徒への関心は非常に高いと思うわ。人選としてはこれ以上ないんじゃないかしら」

「ああ、うん、まぁな」

雪ノ下の言う通り、確かに平塚先生は生徒指導としてはかなり頑張ってくれている。奉仕部なんてところへ次々と悩みを抱えた生徒を導いているが、それは常日ごろから生徒に接し、またよく観察しているからできることなのだろう。

「じゃあ、連絡はしてみる」

俺はことのあらまし、川崎沙希（かわさきさき）についてのあれこれをメールに纏（まと）める。絶対にいらないと思われた平塚（ひらつか）先生のアドレスが思わぬところで役に立った。

「以上、詳細は昇降口にて、と。ＯＫ、これで来てくれんだろ」

そうメールの最後を締めくくり、待つこと五分。

カツカツという、ヒールの硬質な音が響く。

「比企谷（ひきがや）、状況は理解した。詳しい話を聞こう」

真剣な表情で現れた平塚先生は咥（くわ）えていた煙草（たばこ）を携帯灰皿に揉（も）み消す。俺は川崎沙希について知りうる情報と推測される事項とを説明した。それを黙って聞き、平塚先生は最後にふっと短いため息をついた。

「我が校の生徒が深夜に働いているとするとゆゆしき事態だ。これに限っては緊急性を要する。私が解決するとしよう」

くっくくっと不敵に笑う平塚先生。

「なあに、君たちは見ていたまえ。来る直前に川崎を解放しておいた。あと、二分ほどでここへ来るだろう」

……なんだろう、この言い知れぬ不安感は。何か嚙（か）ませ犬臭が凄（すご）いんだが。

「あの、殴る蹴るとかそういうのはダメですよ？」

「まさか……。わ、私がそういうことをするのは君にだけ、だぞ？」

「いや、なんも可愛くねぇから……」

そうこうしているうちに、川崎沙希が昇降口に現れた。気だるげな足取りで時折、くあと欠伸を漏らす。やる気のなさそうな肩に引っかけられた鞄がだらっとずり落ちてきているが気にする素振りもない。肘のあたりで引っかかったままぶらぶらと揺れていた。

「川崎、待ちたまえ」

ざっと地面を鳴らして平塚先生が後ろから呼び止める。それに振り返った川崎の目は半眼に細められ、睨み付けたみたいだ。振り返ると猫背がすらりと伸びた。

平塚先生も背が高いが、川崎もそれに劣らない。長い脚に紐でゆるくとめられたブーツがざりっと小石を蹴った。

「……なんか用ですか？」

覇気のない、ハスキーがかった声は刺々しい。はっきり言って怖い。不良とかヤンキーとかそういうオラオラ系の怖さではなく、場末のスナックにいるすれっからしのお姉ちゃん的な怖さだ。バーカウンターの隅っこで一人ウイスキー片手に煙草を吸ってそうな感じ。

一方の平塚先生もまたその怖さを全体から発していた。こちらはベッドタウンの駅前にある中華料理屋で五目そばを食いながら瓶ビールを手酌で煽り、野球中継に向かって「ひっこめ！

へぽピッチャー！」とか言い出す疲れた親父っぽいＯＬみたいな怖さである。なんだよこの怪獣大決戦。

「川崎、君は最近家に帰るのが遅いらしいな。朝方になるまで帰らないらしいじゃないか。いったい、どこで何をしているんだ？」

「誰から聞いたんですか？」

「クライアントの情報を明かすわけにはいかないな。それより、質問に答えたまえ」

余裕の笑みを崩さない平塚先生に、川崎は気だるげにため息をついた。見ようによっちゃ先生を嘲笑っているみたいだ。

「別に。どこでもいいじゃないですか。それで誰かに迷惑かけたわけじゃなし」

「これからかけることになるかもしれないだろう。君は仮にも高校生だ。補導でもされてみろ。ご両親も私も警察から呼ばれることになる」

言っても、川崎はぼんやりとした表情で平塚先生の顔を睨め付けているだけだ。その様子に堪えかねて、平塚先生が川崎の腕を摑んだ。

「君は親の気持ちを考えたことはないのか？」

真剣な面差しで、決してその手を離すまいと摑んだ平塚先生の手は、きっと温かいはずだ。熱い想いは川崎の冷え切った心に届くだろうか……。

「先生……」

そう呟き、川崎は平塚先生の手に触れ、まっすぐに見つめる。

そして、

「親の気持ちなんて知らない。ていうか、先生も親になったことないからわかんないはずだし。そういうの、結婚して親になってから言えば?」

「ぐはぁっ!」

川崎はその手をぽいっと振り払った。平塚先生は右ストレートをまともに喰らったみたいにバランスを崩す。結構なダメージを受けていた。想いは届かなかったらしい。

「先生、あたしの将来の心配より自分の将来の心配したほうがいいって、結婚とか」

追い打ち攻撃を喰らい、平塚先生は仰け反らせていた身体をがくっと前のめりにした。膝がかくかくと笑っている。ダメージが脚に来たか……。その振動は腰、肩と伝わり、声にまで至る。

「……ぐっ、くぅ………」

先生の瞳は軽く潤んでいて、返す言葉が出てこない。

非情にも川崎はそれを無視して駐輪場へと消えていく。俺たちはなんと言っていいのかわからず、互いに顔を見合わせてしまった。由比ヶ浜と小町は気まずげに視線を地面に落とし、戸塚は「先生、可哀想……」と呟きを漏らす。

そして、雪ノ下にとんと背中を押された。あれをどうにかしろということらしい。

んだよ、なんで俺なんだよ。思いつつも、そのあまりにも哀れな姿を見ていると、何か声をかけてやらねばと思ってしまう。この気持ち……ひょっとしなくても、同情？

「あ、あの……先生？」

俺が慰めの言葉を考えながら話しかけると、先生はでろーんとゾンビみたいな動きで振り返る。

「……ぐすっ………今日は、もう帰る」

親指の付け根あたりでぐしぐしっと目尻の涙を拭うと、か細く震える声で言った。

そして、俺の返事を待たずにふらふらとした足取りで駐車場へよろよろ向かい始めた。

「お、お疲れさまっす」

夕映えの中、ひとりっきりでとぼとぼ歩く後ろ姿を見ていると、太陽が目に染みて涙が出そうになった。

もう誰か貰ってやれよ、ほんと。

×　　×　　×

平塚先生が夕日の中へと消えゆき、夜空にたった一つきりで輝くお星さまへとその姿を変えてから一時間後、俺たちは千葉駅にいた。

小町は猫のカマクラを連れて家に帰してある。中学生の小町に千葉はまだ早い。一四号沿いのヨーカドーのフードコートあたりで友達とポテトを食べてるのがお似合いだ。ほんとなんで中学生あんなにヨーカドー好きなんだよ。俺が母ちゃんと買い物行ったときに出くわすととても嫌な気分になるからやめろ。もっとマザー牧場とか行けよ。

さて、時刻はもうじき午後七時半。

夜の街が活況を呈するにはいい頃合いである。

「千葉市内で『エンジェル』という名前のつく飲食店で、かつ朝方まで営業している店は二店舗しかない、らしい」

「そのうちの一軒がここ、ということ？」

雪ノ下はネオンと電飾がぺかぺかと光り、『メイドカフェ・えんじぇるている』と書かれた看板を胡散臭そうに見る。その横には「お帰りにゃさいだワン♪」と獣耳の女の子が手招きをしているイラストが描かれた立て看板まである。「……何これ」と思っているのが態度からばしばし出ていた。

それは俺も同感である。……何これ。おかえりにゃさいだワンってお前犬なの猫なの？

しかも名前が『えんじぇるている』。天使要素が皆無だった。

「千葉にメイドカフェなんてあるんだ……」

由比ヶ浜が物珍しそうにへーと眺めている。

「甘いな、由比ヶ浜。千葉にないものなどない。どこかの流行を勘違いして取り入れてしまうのが千葉だ。見ろ、この結構どうしようもない残念な感じ。これが千葉クオリティだ」

そう、千葉こそはある意味残念さを極めた県といっていい。新東京国際空港にしろ東京ゲームショーにしろ東京ドイツ村にしろ、「千葉の渋谷」こと柏にしろ、常に東京の煽りを受ける癖に、変なところで千葉らしさにこだわり、一捻り加えたがるのが千葉なのだ。千葉の高級住宅地チバリーヒルズの存在を考えると、そのこだわりはもはや世界を相手にしていると言っていい。

そして、千葉の、それも京成千葉中央寄りのほうにはアニメイトやとらのあながひしめき合い、ある種千葉のサブカルチャーの中心となりつつある。アキバに対抗したチバなのだ。そのため、ここにメイドカフェができるのは当然のことだった。

「ぼく、あんまり詳しくないんだけど……その、メイドカフェってどういうお店なの？」

戸塚は看板の文言を何度も何度も読んでいたが理解できなかったようだ。そりゃまぁ『萌えメイドタイムを一緒に過ごしませんか？』とか書かれても意味がさっぱりわからない。なんだよメイドタイムを過ごすって。こっちがメイドやんのかよ。

「いや、俺も実際行ったことないからよく知らないんだ……。で、まぁそういうのに詳しい奴呼んだ」

「うおんむ。呼んだか、八幡」

そうして、京成千葉中央駅の改札口から現れたのは材木座義輝だった。初夏だというのに、コートを羽織り、ふうふう言いながら汗をかいている。コートの襟には塩の結晶ができていた。おい、お前古代中国なら塩の密造で処刑されてんぞ。

「うわ……」

由比ヶ浜がちょっぴり嫌そうな顔をする。それを責めるのは酷ってもんだろう。なぜなら俺のほうがもっと嫌そうな顔をしているのだから。

「……自分で呼んでおいて何故そんな顔をするのだ」

「ああ、いや仕方なかったとはいえ、お前の相手すんのちょっと面倒くせぇなと思って」

「これはしたり。左様。実力が拮抗する主相手ではさしもの我も手加減がしづらい故な。我の相手を嫌がる気持ちは百も承知よ」

「そうそう、それ。そういうのが面倒くせぇ」

言ったところで材木座はグラババババ！　と気色悪い高笑いを上げるだけである。帰れ。

本当に呼びたくなかったのだが、俺の知ってる人間でこの手のものに詳しいのは材木座と平塚先生だけなのだ。しかも、平塚先生は趣味的に少年マンガとかあっちのほうなので、自然と選択肢は一つになってしまう。

材木座には既にメールで事の次第を伝えてある。帰ってくる時間、働いていると思われる「エンジェル」がつく店、そして川崎の人となり。それらの情報から材木座が出した答えの一つがこの『えんじぇるている』だった。

「材木座、本当にこの店なんだろうな」

「ああ、間違いない」

材木座は自分のスマートフォンをてゅるてゅるくぱぁと操作し、グーグル先生に教えてもらった情報を表示させた。便利ではあるが、携帯電話だのスマートフォンだのが活躍しすぎて指が疲れそうだ。ユビキタス社会とは指を酷使するあまり、指に支障を来たす社会なのだろう。

「この通り、市内にある候補は二つ。そして、川崎沙希なら間違いなく、こちらを選ぶと我のゴーストが囁いている」

「どうして、わかるんだ?」

材木座のやけに自信満々な答えに俺はごくりと息を飲む。もしかしたら、こいつは俺たちの知らない何かを掴んでいるのかもしれない。くっと材木座は喉の奥で笑った。

——ああ、こいつに自信なんてものはないんだ。こいつにあるのは、確信。

「まぁ黙って我についてこい……。メイドさんにちやほやしてもらえるぞ……」

そう言い、ばさっとコートをはためかせる。風は材木座から巻き起こってるように見えた。

こいつ……。

そこまで言うならついていこうじゃないか。その約束された場所、蜜溢るる黄金の地、神聖モテモテ王国へ!

メイドさんにどんなことしてもらえるんだろうかと胸が高鳴るのを感じ、人類にとっては小さな一歩だが、俺にとっては大きな一歩を踏み出したときだった。

ぐいっとブレザーの裾を引かれた。振り返ると由比ヶ浜がむーっと膨れっ面である。

「………」

「……なんだよ？」

「べっつにー。ヒッキーもそういうお店行くんだなって思って。……なーんかヤな感じ」

由比ヶ浜はぶすっと不機嫌そうな表情でぐりぐりぐりと指先でブレザーをこねくり回す。やめろってての毛玉になるってての。

「……いや意味わかんないし。主語述語目的語使って話せっつーの」

「てかさ、これって男の人が行く店じゃないの？　あたしたち、どーすればいいの？」

うん？　ああ、そういえば女子ってメイドカフェに行くものなのだろうか。教えて材木座先生と思ってちらっと視線を送ると、頼りになる我らが材木座先生は腕を組み、やや高いところから声をかけてきた。

「案ずるな女郎」

「誰がメロンよ……」

いや、メロンだと思うぞ。どこがとは言わないけど。

「こんなこともあろうかと潜入捜査用にメイド服を持ってきている」

そう言って背中からすらりとメイド服、それもクリーニング屋さんのビニール袋がついた綺麗な状態のものが出てきた。マジかよ金属バットとかフライパンも入ってんじゃねぇの。

「ボフンボフン。では戸塚氏、参ろうか……」

ああ、そっちなんだ。グッジョブ。

「え。な、なんでぼく……」

じりじりと近寄ってくる材木座、そこから逃れようと一歩、また一歩と下がる戸塚。なんだこのパニックムービーみたいなの。いつもなら材木座に腹パン入れてでも戸塚を助けてヒーローになる俺だが、このときばかりは動くことができなかった。

み、見てみたい……。

ついに戸塚が壁際に追い詰められた。ちょうど材木座が逆光になっていて、本当にモンスターじみている。

「さぁ戸塚氏……、さぁ、さぁさぁさぁさぁさぁっ！」

メイド服片手に迫るクリーチャーを目の間にして、戸塚が涙目でふるふると首を振った。

「い、いや……やだ……」

無駄な抵抗だと知りながらも、目の前の現実を否定しようと戸塚は滴を溜めこんだその大きな瞳をぎゅっと瞑る。

そのときだった。

「はいはいはーい！　あたし着てみたい！　それ可愛いし！」

そう言って材木座の手にするメイド服をぱっと奪ったのは由比ヶ浜だった。

「……ぺっ」

材木座が唾を吐く。由比ヶ浜はそのしぐさにカチンと来たのか、「この童貞、うっざ」みたいな表情で材木座を睨む。

「え、何その態度。ちょっとムカつくんだけど」

普段の材木座ならここで「こふっ！　こふこふっ！」と咳き込んで逃げるところだが、メイドトランス状態になっているのか、さっきから無駄に強気である。

「ふん、メイドとはそういう存在ではない。貴様の言うメイドはただのメイドコスだ。魂が入っていない」

「何言ってるか全然わかんないんだけど……」

由比ヶ浜は助けを求めるように俺を見るが、これぱっかりは助けてやれない。なぜなら、俺にはわかってしまったのだ。

「いや、俺にはわかる。なんというか、お前がメイド服着ても全然ダメだ。なんか学祭のノリで着てる、イラッとくるタイプの大学生にしか見えない」

ほんと、普段はそういうオタクとかメイドとかそれに群がる連中を蔑視しているくせにそういうイベントのときだけ、メイド服を崇め奉るのはなんなんだろうな。見ていてあまり気分のいいもんじゃない。

「コスを着るなら心まで着飾れ！　『シャーリー』を読んでから出直してこい！　貴様のような輩がコミケでミクコス着てるのに喫煙所で平気で煙草を吸っていたりするのだ！」

材木座の熱弁に由比ヶ浜が三歩ほど後ろに下がる。うぅ～っと悔しそうに唸りながら、味方を探してきょろきょろしだした。そして、頼りの雪ノ下の背中に回り込む。

盾にされた形の雪ノ下はふぅっと短くため息をついて、『えんじぇるている』の看板を指さした。

「ここ、女性も歓迎しているみたいよ」

言われて、雪ノ下の指す文字を見ると、確かに書いてあった。

『女性も歓迎！　メイド体験可能！』

おいおい、看板に偽りないのな。本当にメイドタイムできちゃうじゃん。

×　×　×

とりあえず、男女五名で『えんじぇるている』に入る。

「お帰りなさいませ！　ご主人様！　お嬢様！」

とおきまりの挨拶を頂き、テーブルに通された。

由比ヶ浜と雪ノ下はメイド体験とやらに向かい、席についているのは俺と戸塚と材木座だけである。

「ご主人様。なんなりとお申し付けください」

そう言って猫耳カチューシャを付けた赤フレームメガネのお姉さんがメニューを差し出してくる。そこには「おむおむオムライスス」だの「ほわいとかりい☆」だの「きゅるるん♪ケーキ」だのやたらめったら丸文字が連発されたお品書きの数々。そうしたデフォルトのメニュー以外にもオプションとして、萌え萌えじゃんけんだのフォトセッションだの総武線ゲームだのいろいろ書いてある。っつーか、なんでじゃんけんするだけで金取られんだよ。ここだけバブルかよ。

まぁ、こういうよくわからんオプション関係は材木座に任せておくとしよう。そう思って横に座る材木座に目を向ける。

すると、材木座は周囲を見渡してはその身体を縮こまらせて、かなりのハイペースで水を飲んでいた。さっきから一言も話さない。

「何、どうしたのお前」

「む……。わ、我はこういうお店自体は好きだが、入ると緊張してしまってな……。メイドさんとうまく話せないのだ」

「……あっそ」

ぷるぷると震える手でガラスのコップに超振動を与え続ける材木座は無視することにした。もう一人、まったく口を開かない人物がいるので今度はそちらに話しかける。

「戸塚、お前はメイドカフェってさ」

「………………」

戸塚の反応がない。

「と、戸塚？」

「………………」

またもや無視された。普段なら話しかけるとにこにこ笑顔を向けてくれる俺の太陽が！　戸塚はつーんとそっぽを向いたきり、うんともすんとも言わない。

「なんか、怒ってるのか？」

これも無視されたらもう死のうと、フォークを手に握りすぐに自分の喉元を突けるように準備しながら話しかけると、戸塚はやっと口をきいてくれた。

「……さっき、助けてくれなかった」

「え？　あーいや、あれはほら……」

「……ぼく、男の子なのに、あんな可愛い服着せようとした」

戸塚は、むうっと怒った顔で俺を見る。……怒った顔も可愛いなぁ。——おお、いかんいかん。戸塚は男だった。それにこれで怒るってことは女の子みたいと言われるのはあんまり好きじゃないんだろう。なら、これ以上その手のことを言うのは気が引ける。

「あれは、その、なんだ。男同士の一種の冗談というかだな、狼と狼が群れでじゃれ合うような、そういうことだ」

「……ほんとに？」

「ほんとだ。男に二言はねぇ」

とにかく、ここは男押しである。男男と口にして、男らしさを強烈に押し出す。

「じゃ、じゃあ、いい、けど……」

戸塚は頬を赤らめながらそう言ってようやく許してくれた。

「悪かった。お詫びにカプチーノおごるよ。イタリアの男は皆飲んでるしな」

「うん、ありがとっ！」

最後の最後まで男押しをしたおかげか、戸塚はご機嫌を直してくれた。最高の笑顔を向けられて、俺は気分よくテーブルに置かれた鈴を鳴らす。

「お待たせいたしました、ご主人様」

「ああ、カプチーノ二つお願いします」

「ご主人様がお望みでしたらカプチーノに猫ちゃんなど描きますが、いかがいたしますか？」

「や、大丈夫です」

オプションを断ってもメイドさんは嫌な顔一つせず、「かしこまりました。少々お待ちくださいませね♪」と素敵スマイルを浮かべてくれる。居酒屋風に言うなら「はい喜んで！」という感じだろう。

さすがはプロである。動きもきびきびはきはきしていて実に小気味いい。

おそらく、メイドカフェが人気なのは「萌え萌え」とか「ご主人様」とかそういった上っ面のワードに反応しているのではなく、この「何が何でも楽しい時間を過ごしてもらう」というサービス精神が溢れているからなのだろう。じゃんけんもオムライスに絵を描くのも、そうしたおもてなしの心の一形態なのだ。

それが伝わるからこそ、お客はつく。

と、その中にやけに動きが悪いメイドさんがいる。トレイを支える手はぷるぷると震え、視線は常にカップに注がれているせいで足元もおぼつかない。これ絶対転んでパンツ見えるだろ……と思ったら由比ヶ浜だった。

「お、お待たせしました。……ご、ご主人様」

その言葉を言うのはよほど恥ずかしかったのか、由比ヶ浜は真っ赤な顔でカップを置く。

着ているのはわりとプレーンな主流のメイド服だ。黒と白を基調としたふりふりのレースとかがついていて、スカートが短いくせに胸元が強調されているやつである。

「…………」

「に、似合うかな？」

由比ヶ浜はトレイをテーブルに置くと、控えめな速度でくるりと回る。飾りのリボンとフリルがはためいた。

「わぁ、由比ヶ浜さん可愛いね。ね、八幡？」

「ん？　あ、ああ。まぁ、な」

戸塚に言われて生返事をしてしまった。だが、それでも由比ヶ浜には褒めたことが伝わったのか嬉しそうに笑った。

「そか……よかった……。えへへ、ありがと」

正直、驚いた。

相変わらずアホっぽくはあるのだが、しおらしくしている態度と少し恥ずかしそうな表情とが相まっていつもの由比ヶ浜とは違った印象を受ける。

「やー、でもさー、メイド服ってスカート短いし、ニーハイきついし、昔の人はこれ着て働いてて大変だったろーねー。これ着て掃除したらメイド服、クイックルワイパーみたいに埃塗れになっちゃいそう」

前言撤回。やはり由比ヶ浜結衣である。

「お前、喋んなければいいのにな」

「なっ!?　どういう意味だっ!?」

スコーンとトレイで頭を叩かれた。ご主人様に手を上げるとは……。

「何を遊んでいるの……」

冷たい声がして振り返る。すると、そこには大英帝国時代のメイドさんがいた。

ロングスカートに長袖。暗色系のモスグリーンに、ワンポイントであしらわれた黒いリボン。重厚なイメージが地味な服装に一種の豪華さを漂わせる。

「うわ、ゆきのん、やばっ！　めっちゃ似合ってる。超きれい……」

はぁーと由比ヶ浜が感嘆のため息をつく。

確かに由比ヶ浜の言う通り、本当に似合っている。

「いや、でもお前メイドさんっていうよりロッテンマイヤーさんって感じなんだけど……」

俺としては会心の例えをしたのだが、雪ノ下にも由比ヶ浜にも通じなかったらしく、はてなと首を傾げられてしまった。

「似合ってるってことだよ……」

「そう、別にどうでもいいけれど」

雪ノ下はとことん興味がないように答えた。

ちなみにロッテンマイヤーさんは『アルプスの少女ハイジ』に出てくる家政婦のおばさんである。あれもメイドといえばメイドだろう。その他近いものをあげるとすれば「ホーンテッドマンション」にいるキャストさん。

「このお店に川崎さんはいないみたいね」

「ちゃんと調べてたのか……」

「もちろん。そのためにこの服を着ているのよ」

雪ノ下はただ一人潜入捜査をきちんとやっていた。メイド探偵誕生の瞬間である。もう俺なんて戸塚のご機嫌取りしか頭になかったよ……。

「今日は休みとかじゃなくて？」

由比ヶ浜が聞くが、雪ノ下は首を振る。

「シフト表に名前がなかったわ。自宅に電話がかかってきていることから考えても、偽名の線もないと思う」

ここまでいくと、メイドというか家政婦だ。家政婦は見た、である。

「そうなると、俺たちは完全にガセネタに踊らされていたことになるんだが……」

横に座る材木座をじろりと睨む。すると、材木座は小首を捻り、うむむと唸り始めた。

「おかしい……、そんなことはありえぬのに……」

「何がだよ？」

「るふん。……ツンツンした女の子がメイドカフェで密かに働き、『にゃんにゃん♪　お帰りなさいませ、ご主人様……ってなんであんたがここにいんのよっ!?』となるのはもはや宿命であろうがぁっ!!」

「いや意味わかんねぇから」

材木座の性癖とかどうでもいい。こいつのせいで一日ふいにしてしまった。夜もだいぶ更けているし、今日のうちにもう一軒回るのは無理だろう。

でも、まぁ、由比ヶ浜はメイド服が着られて嬉しそうだし、いいお店も見つけられたし。とりあえずよしとしとこう。

×　×　×

メイドカフェへ行った翌日、部室には史上最多の人数がいた。

対症療法が上手く行かないときは視点を変えて根本治療を目指すべき、という雪ノ下の言葉で集められたのだ。

俺と雪ノ下、由比ヶ浜はまぁ部員だからわかる。戸塚と材木座もときどきはここを訪れるからいても不思議じゃない。

もう一人、この場にいるのは不自然なのに、不思議とここに溶け込んでいる人間がいた。

「なんで葉山がここにいんの？」

窓際で葉山が本を読んでいた。おい、爽やかスポーツマンなのに本読むとか勘弁しろよ。お前セル完全体かよ。俺が声をかけると葉山は本を閉じて、やぁっ！　と手を振ってきた。

「いやぁ、俺も結衣に呼ばれてきたんだけど……」

「由比ヶ浜に？」

俺が振り返ると由比ヶ浜は何故か得意そうに胸を張る。

「や、あたし考えたんだけどさ、川崎さんが変わっちゃったのって何か原因があるわけじゃない？　だから原因を取り除くっていうのは合ってるとは思うんだけど、ああやって人の話聞いてくれないんじゃそれも難しいじゃん」

「ん、まぁそうだな」

奇跡的にも由比ヶ浜が論理立てて話をしようとしている。俺はプチミラクルに感心しつつ相槌を打った。それに気をよくしたのか、由比ヶ浜はさらに胸を張り、もうほとんど天井を見る形になっていた。

「でしょ!?　だから逆転の発想が必要なわけよ。変わって悪くなっちゃったなら、もう一回変えれば今度はよくなるはずじゃん」

賛成の反対は賛成なのだ、ってやつだな。まったく赤塚不二夫は偉大である。

「で、なぜ葉山君を呼ぶ必要があったのかしら？」

雪ノ下はあまり葉山が得意ではないのか、言い方に若干の棘がある。だが、葉山は特に気にしていないようで、由比ヶ浜の話に耳を傾けていた。

「嫌だなーゆきのん。女の子が変わる理由……。経年劣化、とかかしら？」

「女の子が変わる理由なんて一つじゃん」

「それ老化ってこと⁉　ち、違うよ！　女の子はいつまでたっても女の子だよ！　ゆきのん、女子力低すぎるよ！」

「またそれ……」

雪ノ下が呆れたようにため息をつく。

それにしてもあれだ。女子力という単語を使っている女子のほうが余程女子力が低いということに気づかない女子は女子力が低いと思う。

「女の子が変わる理由は……こ、恋、とか」

何やらとても恥ずかしいことを口走りやがったぞ、こいつ……。しかも、言った本人が一番恥ずかしがってる。

「と、とにかくっ！　気になる人とかできたらいろいろ変わるものなのっ！　だから、そのきっかけを作ればいいんじゃないかと……。で、隼人君呼んだわけ」

「い、いやそこでなんで俺なのかよくわからないんだけど」

葉山が苦笑交じりで由比ヶ浜に言う。おいてめぇ、本当にわかってないとしたらさすがの俺も怒るぞ。と、思ってくわっと睨み付けたらほぼ同時に材木座も葉山を睨みつけていた。

「ほかにも女子に好かれそうな奴、たくさんいるじゃん。この中にも……。戸塚とか結構モテるだろ？」

よかった……。葉山は自分がモテている自覚はあるんだ……。よくない、絶対に許さない。

と、思ってくわっと睨みつけたらほぼ同時に材木座も葉山を睨みつけていた。

「ぼ、ぼく、そういうのよくわからないから……」

戸塚が顔を赤くして俯いてしまう。その様子を見て由比ヶ浜は腕を組んで少しばかり考えるしぐさをした。

「んー。さいちゃんもモテるとは思うけど川崎さんのタイプとは合わないと思う。ほかはほら、中二は中二だし。そしたら隼人君しかいないじゃん」

「おい、ナチュラルに俺を外すな」

「ヒ、ヒッキーは問題外なのっ！」

いやそんな真っ赤になって怒らんでも……。それにしたって材木座よりも射程圏外とはちょっとショックなんですけど……。あと、中二って材木座のあだ名？

「由比ヶ浜さんの判断は妥当よ。クラスでのあなたを知られていて、靡く人がいるとでも思っているの？」

「ですよね」

納得。いや、だって俺が女なら、少なくとも教室でぼっちやってる俺に興味持ったりしないもんな。あれだ、ほら俺忍者の才能あるし。忍びの者は存在を気づかれちゃいけないから仕方ない。まったく俺の才能が恐ろしいってばよ……。

「あ、やー、そこまでは言ってないというか、そんなに悪くないというか、諸事情によって残念ながらというか……、だから隼人君にお願いしたいんだけど」

俺がこの忍びの才能をどう生かしていこうか、火影になろうかと考えているうちに、由比ヶ浜は話を先に進めようとしていた。

「頼めないかな？」

由比ヶ浜はそう言って両手を合わせて頭を下げる。

そんな風にお願いされて断れる男子なんていない。男の子にはいろいろあるのだ。頼られれば嬉しいし、両手を合わせたときに動いた胸に気を取られてしまったり、いつだって誰かを助けたいという小さいころからのヒーロー願望が刺激されたり。まぁ、いろいろ。

葉山とて例外ではないらしく、小さく肩を竦めて答えた。

「わかった。そういう理由があるならしょうがない。そんなに気は進まないけど、やるだけやってみよう。……結衣も頑張れよ」

そう言ってぽんと由比ヶ浜の頭を叩く。いや、頑張るのはお前だろうが。

「あ、ありがと……」

由比ヶ浜は叩かれた頭を撫でり撫でりして答えた。

かくして、由比ヶ浜発案による「ジゴロ葉山のっ、ラブコメきゅんきゅん胸きゅん作戦！」は幕を開けた。なんだこの昭和なネーミングセンスは。

概要は簡単だ。

葉山がもてる力のすべてを振り絞り、川崎のハートをハートキャッチするだけ。ちなみに持てる力とモテる力が掛詞である。

帰る準備を整えて、駐輪場へと移動した俺たちは川崎が来るのを待ち続ける。無論、俺たちと葉山が一緒にいてはおかしいので、俺たちはちょっと離れたところから彼と彼女の様子を見守ることにした。

そして、ついにそのときが来る。

川崎は昨日と同じように覇気のない、ずるずると引きずるような足取りでかったるそうに歩く。ふぁと欠伸を嚙み殺すようにして自転車の鍵を開けたところでタイミングよく葉山が現れた。

「お疲れ、眠そうだね」

そう軽く声をかけた。演技のはずなのだが、やたらと自然で、傍で聞いているこちらが「おお、お疲れ」と答えてしまいそうになる。

「バイトかなんか？　あんまり根詰めないほうがいいよ？」

なんてさりげない心配り……。おいマジかよ葉山いい奴だな。と、半ば俺が惚れそうになっているというのに、川崎ははぁと面倒そうにため息をついた。

「お気遣いどーも。じゃあ、帰るから」

ぶっきらぼうにそう告げて、自転車を押して去っていこうとする。だが、その背中に優しい、心を溶かすような温かな声が投げかけられた。

「あのさ……」

　これにはさすがの川崎も足を止めた。ぴたりと立ち止まると葉山のほうに振り返る。

　爽やかな初夏の風が二人の間を通り抜けた。突如として展開されるラブコメ空間に由比ヶ浜が興味深そうにぐいと身を乗り出してきゅっと手に汗握った。一方、材木座は嫉妬と憎悪に身を焦がし、殺意と共に拳を握った。

　涼やかな風が止み、葉山の声が響く。きらきらと葉山が輝いて見える。マイナスイオンとか超出てる。

「そんなに強がらなくても、いいんじゃないかな?」

「……あ、そういうのいらないんで」

　からからからと自転車のタイヤが回る。しかし、葉山隼人の時間は止まったままだった。たっぷり十秒ほどその場に取り残された葉山は少し照れ笑いしながら、陰で見守っていた俺たちのところへ戻ってくる。

「なんか、俺、ふられちゃったみたい」

「………………。」

「あ、いやご苦くっ……くくっ」

　労をねぎらおうと思ったのだが、そのあとの言葉が出てこない。何か得体のしれない感情が腹筋のあたりを駆け巡っている。くそっ！　沈まれ俺の腹筋！　どうにか胎動する感情を抑え込もうとしたが、俺の横の奴が先に暴走した。

「ぷっ、ぷぷっ、グラーッハハハババ！　ふ、ふられとる！　ふられとるげ！　あんなにかっこつけたのにふられとるげ！　ぶふぅはっははっ！」

「やめとけ材もくぅっくく……」

「ふ、二人とも！　笑っちゃダメだよ！」

戸塚に諫められなんとか笑いを堪えようと頑張ったが、材木座の大爆笑に釣られてどうしても笑ってしまう。

「ま、まぁ。別に気にしてないからいいよ、戸塚」

葉山が微苦笑を浮かべて言う。……こいつ、いい奴だな。あまり気が進まないにもかかわらず俺たちに協力してくれ、そのせいでいらん傷を負ったというのに。

　この紳士的な態度にはさすがの材木座も思うところがあったのか、笑いを引っ込めると、咳払いをして仕切り直す。

「葉山某……、そんなに強がらなくてもプー！　いいんじゃないかなーっはっはっは！」

「ばかっ！　やめろ材木座！　笑わせんな！」

俺と材木座が爆笑している中、由比ヶ浜は顔を引き攣らせていた。

「こいつら最低だ……」

「これも失敗、と。仕方ないわ。今夜もう一軒のお店に行ってみましょう」

「そだね……」

　ふぅ、楽しかった。

　奉仕部に入って初めてよかったと思いました。まる。

×　×　×

　腕時計の針が午後八時二十分をさしていた。

　俺は待ち合わせ場所である海浜幕張駅前の何やら尖ったモニュメント、「通称・変な尖ったやつ」に寄りかかる。

　これから向かうのはホテル・ロイヤルオークラの最上階に位置するバー『エンジェル・ラダー天使の階』だ。

　千葉市内で朝方まで営業している、エンジェルの名を冠する最後の店。たぶん、そんな洒落たところに行くのはこれが最初で最後だろう。

　俺は着慣れない薄手のジャケットをなじませるように羽織り直す。父親のクローゼットから勝手に拝借した逸品だが、背格好が似ているせいかサイズはぴったりだった。

　黒い立ち襟のカラーシャツにジーンズ、足もとはロングノーズの革靴。普段ならまずしない着こなしだ。というか服とかわりとどうでもいい。ジーンズ以外は父親の持ち物である。髪もぐしぐし何やらやられてしまった。

コーディネイト・バイ・コマチヒキガヤ。

なんとなく年上っぽく見えるような服の見立てを小町に頼んだら、家じゅう引っ掻き回してこの一式を出してきた。

「お兄ちゃんは目が生活に疲れたサラリーマンっぽいから、服装と髪型さえどうにかすれば大人っぽくなるよ」

そう言われても反応に困る。え、そんなに俺の目ダメ？

待ち合わせ場所に最初に現れたのは、戸塚彩加だった。

「ごめん、待った？」

「いや、今来たところだ」

戸塚はユニセックスな印象を与えるややスポーティな服装だった。ゆったりめなカーゴパンツにややぴったりめのTシャツ。細めの糸で編まれたニット帽を浅めにかぶり、首にはヘッドホンが掛けられている。足元のバッシュが動くたび、鈍く光るウォレットチェーンが遊んでいた。

戸塚の私服は初めて見たので、ついぼーっと眺めてしまう。すると、戸塚は恥ずかしそうにニット帽をぎゅっと摑んで何故だか目元を隠そうとした。

「あ、あんまりじろじろ見ないで……。お、おかしいかな?」

「い、いやそんなことない!　よく、似合ってる」

何やらデートじみているが、残念ながら俺と戸塚のデートではない。

その証拠に材木座が現れる。

何故か作務衣で、頭には白いタオルを巻いていたのでとりあえず無視した。

「ふむぅ。待ち合わせ場所はここでいいはずだが……おおっ!　八幡ではないか!」

小芝居のウザさにイラッときたが、見つかってしまっては仕方がない。

「……お前、その格好、何。なんで頭にタオル巻いてんの?　ラーメン屋さんなの?」

「ふぅ、やれやれ。大人らしい格好と言ったのは貴様たちではないか。故に働く大人のスタイル、作務衣とタオルをチョイスしたのだが……」

……ああ、そういうコンセプトなんだ。や、もう着てきちゃったもんはしょうがないよな。あれだ、置いていけばいいだけだし別にいいや。

俺がそう結論を出すのとコツコツと地面を鳴らしながら由比ヶ浜が歩いてくるのとはほぼ同時だったと思う。

由比ヶ浜はきょろきょろあたりを見回して携帯電話を取り出す。あ、こっちに気づいてないのか。

「由比ヶ浜」

俺が声をかけると、由比ヶ浜はびくっと反応し、こちらを恐る恐る見る、いや、っつーか、さっきもお前こっち見てたろ。

「ヒ、ヒッキー？　あ、ヒッキーだ。一瞬わかんなかった……。そ、その格好……」

「んだよ。笑うなよ」

「ぜ、全然そんなんじゃないからっ！　その、いつもと違い過ぎてびっくりしただけで……」

わーとかはーとかへーとか言いながらじろじろ見てくる。そして、うんうんと頷く。

「これ、小町ちゃんが選んだでしょ？」

「ああ、よくわかったな」

「やっぱりね……」

何かを納得する由比ヶ浜。……何がわかったんだ。

なぜかピーコ張りのファッションチェックをされた俺はドン小西並みのファッションチェックをし返す。

由比ヶ浜はチューブトップにビニール製のブラストラップを右だけ肩にかけ、左は外してある。お気に入りなのか、いつものハートのチャームがついたネックレスが揺れていた。上にはデニム生地の裾の短いジャケットを羽織っている。下は黒いチノに金ボタンがあしらわれたホットパンツ、足下はといえば、蔓みたいのが足首に絡まったややヒールの高いミュールだった。歩くたび、アンクレットがゆらゆらとする。

「なんというか、大人っぽくはないな……」

「はぁ!?　どこが!?」

由比ヶ浜は焦（あせ）った様子で自分の腕を見たり、脚を見たりする。まぁ、スタイル分上乗せで女子大生くらいには見えるか……。

これでほぼ揃（そろ）った。あとはもう一人、と思ったときに背後から声をかけられた。

「ごめんなさい、遅れたかしら?」

暗い夜の闇（やみ）の中にあって、その白いサマードレスは鮮やかだった。下に履いた黒いレギンスが細い脚をしなやかに見せている。小さなミュールはあくまでもシンプル、きゅっと締まった足首にはよく似合う。

時間を確認しようと掌（てのひら）を上に向けたとき、小ぶりな腕時計のピンクの盤面が白い肌に可愛（かわい）らしく映える。メタルのベルトはその艶（つや）やかな手首に巻かれていると銀細工のように見えた。

「時間通りね」

雪ノ下雪乃（ゆきのしたゆきの）は夜に咲くエーデルワイスの如（ごと）く、涼しげな魅力を放っていた。

「あ、ああ……」

それきり言葉が出ない。初めて奉仕部の部室に足を踏み入れたとき、その姿に圧倒されたことを思い出した。

これで性格さえまともだったらなぁ……。

「お前、もったいないお化けって知ってる?」

「馬鹿馬鹿しい。お化けはいないわ」

さらりと受け流して雪ノ下はさーっと全員の姿を流し見る。

「ふむ……」

そして、材木座から順に指をさす。

「不合格」

「ぬぅ?」

「不合格」

「……え?」

「不合格」

「へ?」

「不適格」

「おい……」

何故か合否判定がされていた。しかも俺だけなんか違うんだが……。

「あなたたち、ちゃんと大人しめな格好でって言ったでしょう」

「大人っぽい、じゃなくて?」

「これから行くところはそれなりの服装していないと入れないわよ。男性は襟付き、ジャケッ

ト着用が常識」

「そ、そういうものなの……？」

戸塚が尋ねると雪ノ下は頷く。

「そこそこいいお値段のホテルやレストランはそういうお店が多いの。覚えておいたほうがいいわ」

「お前、そんなんよく知ってるな」

普通の高校生が知ることではなかろうに。だいたい俺たちが行くレストランなんてバーヤミンかサイゼだし。高級なところでもロイホがせいぜいだぞ。

とりあえずこの中でジャケット着てるのは俺だけだ。戸塚は結構ラフな格好だし、材木座はラーメン屋な格好だし。

「あ、あたしもダメ？」

由比ヶ浜が確認すると、雪ノ下は少し困ったような顔になる。

「女性の場合、そこまで小うるさくはないけど……。でも、エスコートするのが比企谷くんだとすると、ちょっと厳しいかもね」

「いやいやいや、ジャケットジャケット」

俺はばたばたと郷○ろみばりにばさばさとそのジャケットの存在感をアピールするが、雪ノ下は失笑した。

「服装は誤魔化せても目の腐り具合が危ういわ」

……そんなにやばいか俺の瞳。

「入店を断られて二度手間になるのも嫌だし、由比ヶ浜さんはうちで着替えたほうがいいかもね」

「え、ゆきのんの家、行けるの!? 行く行く! ……あ、でもこんな時間に迷惑じゃない?」

「気にしなくてもいいわ。私、一人暮らしだから」

「この子、できる女だっ!?」

由比ヶ浜が大袈裟に驚く。何、その基準。一人暮らしの人は全員、できる女なのかよ。しかし、雪ノ下が一人暮らしというのは言われてみれば納得がいく。料理もやけにうまいし、何より、こいつが誰かと生活しているというのが想像つかない。

「じゃあ行きましょうか。すぐそこだから」

雪ノ下が後ろの空をふり仰ぐ。そこにはこの一帯でも特にお高いことで知られるマンションがあった。俺はあんまりテレビ見ないからよう知らんのだが、時々CM撮影とかドラマのロケとかもやっているようなところらしい。ちなみに、海浜幕張はよくヒーローものの番組のロケにも使われている。

雪ノ下が見つめる先は淡いオレンジの光を放つ摩天楼のだいぶ上。どうやら雪ノ下の住む部屋はかなりの高層階らしい。お、おおう、こいつひょっとしてブルジョアジーか……。まあ、そうでもなきゃ高校生の娘を一人暮らしさせられまい。

「戸塚君、せっかく来てもらって申し訳ないけれど……」

「ううん、全然いいよ。みんなの私服見られて少し楽しかったし」

戸塚はそう言ってにっこりと笑った。あまりの可愛さにこのまま帰してしまうのが惜しい。

「じゃあ、由比ヶ浜が着替えてる間、俺ら飯食ってるからさ。終わったら適当に連絡くれ」

「うん、そうするー」

二人と別れて残された男三人は自分たちの腹の減り具合を確認するかのように黙った。

「して、何を食す？」

材木座が腹を撫で繰り回しながら、聞いてきた。

俺と戸塚は顔を見合わせる。

「ラーメンだよね」

「ラーメンだよな」

×　×　×

改札前で戸塚と材木座と別れる。ラーメン屋では材木座が店員と間違えられて注文を頼まれたりしていたが、美味しいラーメンを食えて二人には満足してもらえたようだ。

俺は駅から離れると、ホテル・ロイヤルオークラへと向かう。雪ノ下、由比ヶ浜の二人とは今度はそこで待ち合わせだ。

改めてホテルの前に立ってみると、その大きさに少したじろぐ。建物を照らす淡い光にまで高級感が漂っていた。明らかに一介の高校生が入っていい建物ではない。

それでも、内心ドキドキしながら中へ入ると足元の感触がもう違う。敷き詰められた絨毯がもふっと沈み込んだ。何これアカデミー賞？

ラウンジにいるマダムもダンディも皆心なしか上品に見える。ちらほらと外国人の姿も見受けられた。やべぇ、幕張都会すぎる。

由比ヶ浜からのメールにあった待ち合わせ場所はエレベーターホール前だ。

俺の知るエレベーターとは違い、扉がピカピカと光っていた。しかもホール広いし。おいおい、ソファ置けちゃうとかこれうちのリビングより広いんじゃねぇの。しかも、このソファ座ると気持ちいいし、低反発枕かよ。

で、なんか壺とか置いてあるしさ。この「はにゃあ」とした感じが堪らないなどとへうげていると、携帯が鳴った。

『今着いたけど、もういるー⁉』

着いたって言っても……と、周囲を見渡してみる。

「お、お待たせ……」

なんだかいい匂いのする美人のお姉さんに話しかけられた。

首回りが大きく開けられた深紅のドレスは流麗な線を描き、そのまま人魚のようなフォルムを形作っていた。アップに纏められた髪、覗くうなじの白さに息を飲む。

「な、なんか、ピアノの発表会みたいになってるんだけど……」

「ああ、由比ヶ浜か。誰かと思った」

発言のレベルが低かったおかげでようやく由比ヶ浜だと気づいたが、これで取り澄ましていたらたぶんわからなかった。

「せめて結婚式くらいのこと言えないの？　さすがにこのレベルの服をピアノの発表会と言われると少し複雑なのだけれど……」

そう言って今度は漆黒のドレスを身に纏った美女が現れる。

その滑らかな光沢を放つ生地が処女雪のような白い肌の美しさを引き立て、膝丈よりも上のフレアスカートは脚の長さを見せつけてくる。そして、そのドレスよりもなお艶やかな極上のシルクじみた長い黒髪。一つに纏められ、緩やかに巻かれながら、胸元へと垂れたそれは宝飾品のようだった。

誰かと間違いようなどない、雪ノ下雪乃だ。

「だ、だってこんな服着たの初めてだもん。ていうか、マジでゆきのん何者!?」

「大袈裟ね。たまに機会があるから持っているだけよ」

「普通はその機会自体がないんだけどな。っつーか、こんなのどこで売ってんだよ？　レまむら？」

「レまむら？　初めて聞くブランドね……」

素で返された。こいつレまむら知らないとかウニクロも知らないんと違うか。

「さぁ、行きましょうか」

雪ノ下がエレベーターのボタンを押す。ポーンという音と共にランプが灯り、扉が音もなく開いた。

エレベーターはガラス張りで上へと昇るにつれて、東京湾が見渡せるようになった。航行する船の灯りと湾岸部を走る車のテールランプ、高層ビルの絢爛たる光が幕張の夜景を彩っていた。

最上階に着くと、再び扉が開く。

その先には優しく穏やかな光。蠟燭の灯りのように密やかで、ともすれば暗いとすら感じるバーラウンジが広がっていた。

「おい……、おい、マジか。これ……」

明らかに俺が踏み入れてはいけない空気が流れている。

スポットライトで照らしだされたステージ上では白人女性がピアノでジャズを弾いていた。

たぶんアメリカ人だ。外国人＝アメリカ人だ。

やっぱ帰んない？　と俺がアイコンタクトを送ると、由比ヶ浜(ゆいがはま)がぶんぶんぶんと凄(すご)い勢いで頷(うなず)いている。……この空間に庶民の由比ヶ浜がいるだけでとても心が安らぐ。

だが、ハイソサエティーであるところの雪ノ下はそれを許さない。

「きょろきょろしないで」

ぐりっとヒールで足を踏まれる。

「いっ！」

思わず叫び声を上げそうになった。なんだよそのピンヒール。どんだけ鋭いんだよ、レイスティンガーかよ。

「背筋を伸ばして胸を張りなさい。顎(あご)は引く」

雪ノ下はそう耳打ちしながら俺の右肘(みぎひじ)をそっと摑(つか)んできた。ほっそりとした形のいい指がきゅっと絡み付いてくる。

「あ、あの……雪ノ下さん？　な、なんでせう？」

「いちいちうろたえない。由比ヶ浜さん、同じようにして」

「う、うえ？」

わけがわからないよ……と言った表情ながらも由比ヶ浜は大人しく雪ノ下の指示に従った。要するに俺の左肘に手を添えた。

「では行きましょう」

言われるがまま、俺は雪ノ下と由比ヶ浜に歩調を合わせてゆっくりと歩き始めた。開け放たれた重そうな木製のドアをくぐるとすぐさまギャルソンの男性が脇にやってきて、すっと頭を下げた。

「何名様ですか？」「お煙草は吸われますか？」なんて一言も聞かれない。そのまま、男性は一歩半先行し、一面ガラス張りの窓の前、その中でも端のほうにあるバーカウンターへと俺たちを導く。

そこにはきゅっきゅっとグラスを磨く、女性のバーテンダーさんがいた。すらりと背が高く、顔だちは整っている。このほのかな照明が灯る店内では、憂いを秘めた表情と泣きぼくろがとてもよく似合っていた。

……ていうか、川崎じゃん。

学校で受ける印象とは違い、長い髪は纏め上げられ、ギャルソンの格好をし、足音も立てずに優雅な動き。気だるげな感じはしない。

川崎はこちらに気づかず、コースターとナッツを静かに差し出し、そのまま無言で待つ。てっきりメニューを差し出されて「へい、何にしやしょう？」と言ってくれるかと思ったが、もちろんそんなわけがない。

「川崎」

俺が小声で話しかけると、川崎はちょっと困ったような顔をする。

「申し訳ございません。どちら様でしたでしょうか？」

「同じクラスなのに顔も覚えられてないとはさすが比企谷君ね」

感心したように雪ノ下が言いながら、スツールに腰かける。

「や、ほら。今日は服装も違うし、しょうがないんじゃないの」

そうフォローを入れながら、由比ヶ浜も同じく座った。空いている席は二人の真ん中だ。オセロなら俺の負けだった。囲碁だと……まぁ、囲碁のルールは知らないんだけどよ。

「捜したわ。川崎沙希さん」

雪ノ下が話を切り出すと、川崎の顔色が変わる。

「雪ノ下……」

その表情はまるで親の仇でも見るようなもので、はっきりとした敵意が込められている。二人の間に接点はないはずだが、校内では有名人の雪ノ下のことだ。その容姿やあの性格もあって快く思わない人間はいるだろう。

「こんばんは」

川崎の気持ちを知ってか知らずか、雪ノ下は涼しい顔で夜の挨拶をする。

二人の間で視線が交錯する。光の加減なのか、ばちっと火花が散った気がした。怖い。

川崎の目がすっと細くなり、由比ヶ浜に注がれる。同じ学校の人間である雪ノ下がいるということは、すわこいつもそうかとばかりに見極めようとする。

「ど、どもー……」

その迫力に負けたのか、由比ヶ浜は日和った挨拶をした。

「由比ヶ浜か……、一瞬わからなかったよ。じゃあ、彼も総武高の人？」

「あ、うん。同じクラスのヒッキー。比企谷八幡」

うすと会釈をすると、川崎はふっとどこか諦めたように笑う。

「そっか、ばれちゃったか」

別段、隠し立てするでもなく、川崎は肩を竦めて見せた。そして、壁にもたれかかり腕を組んだ。ことの終焉を悟り、すべてがどうでもよくなってしまったのかもしれない。

学校で見せるのと同じ、かったるい空気を醸し出して、ふっと浅いため息をついてから、俺たちに一瞥をくれる。

「……何か飲む？」

「私はペリエを」

それに答えて雪ノ下が何か言った。な、何？　ペリー？　今なんか注文したの？

「あ、あたしも同じのをっ!?」

「あ……」

俺も今そう言おうと思ったのに……。由比ヶ浜に先を越され、完全にタイミングを逸してしまった。む、むむむ。なんだ、なんて言えばいいんだ。ドンペリだかドンペンだか言えばいいのか？　ちなみにドンペンは激安の殿堂のイメージキャラクターだ。注文したところでたぶん出てこない。

「比企谷だっけ？　あんたは？」

さっきのペリーさんは飲み物だよな……。別にハリスとかアーネスト・サトーとか言わなくていいんだよな。じゃあ、とりあえず飲み物の名前を……。

「俺はＭＡＸコー」

「彼に辛口のジンジャエールを」

言いかけた途中で雪ノ下に思いっきり遮られた。

川崎は苦笑交じりで「かしこまりました」と言うと、シャンパングラスを三つ用意しそれぞれに慣れた手つきで注ぎ、そっとコースターの上に置いた。

お互い、なんとなく無言でグラスを合わせると口をつける。それから思い出したように雪ノ下が言った。

「……ＭＡＸコーヒーがあるわけないじゃない」

「マジで!?　千葉県なのに？」

ＭＡＸコーヒーのない千葉県なんて千葉県じゃないだろ、それ。山はあっても山梨県的なことになっちゃうぞ。

「……まぁ、あるんだけどね」

ぽそっと川崎が呟きを漏らすと、雪ノ下がちろっと川崎の顔を見る。ねぇ、だからなんでお前らちょっと仲が悪そうなの？　怖い。

「それで、何しに来たのさ？　まさかそんなのとデートってわけじゃないんでしょ？」

「まさかね。横のコレを見て言っているなら、冗談にしたって趣味が悪いわ」

「あの……お前ら二人の口論なのに無闇に俺を傷つけるのやめてくんない？」

そんなのとかコレとか人を指示語で呼ぶのやめろ。

二人だけで話をさせているといつまでも進まなそうだ。俺が口火を切ることにした。

「お前、最近家帰んの遅いんだってな。このバイトのせいだよな？　弟、心配してたぞ」

俺がそう言うと川崎は例の、ハッと人を小馬鹿にした癪に障る笑い方で笑った。

「そんなこと言いにわざわざ来たの？　ごくろー様。あのさ、見ず知らずのあんたにそんなこと言われたくらいでやめると思ってんの？」

「クラスメイトに見ず知らず扱いされてるヒッキーすごいなぁ……」

由比ヶ浜に妙なところで感心されてしまった。だが、俺も川崎のことを知らなかったのでこの勝負はイーブンだろう。

「──ああ、最近やけに周りが小うるさいと思ってたらあんたたちのせいか。大志が何か言ってきた？　どういう繋がりか知らないけどあたしから大志に言っとくから気にしないでいいよ。……だから、もう大志と関わんないでね」

川崎は俺を睨み付けてきた。

関係ない奴はすっこんでろ、という意思表示だろう。しかし、雪ノ下もそう言われて引き下がるような人間ではない。

「止める理由ならあるわ」

雪ノ下は川崎から左手の腕時計へと視線を動かして時間を確認する。

「十時四十分……。シンデレラならあと一時間ちょっと猶予があったけれど、あなたの魔法はここで解けたみたいね」

「魔法が解けたなら、あとはハッピーエンドが待ってるだけなんじゃないの？」

「それはどうかしら、人魚姫さん。あなたに待ち構えているのはバッドエンドだと思うけれど」

バーの雰囲気に合わせたかのような二人の掛け合いは余人の介入を許さない。皮肉とあてこすりを繰り返す、上流階級のお遊びめいたものだった。だからさ、なんで仲悪いの？　初めて話すんじゃないの？　怖い。

と思ったところでちょんちょんと肩を叩かれ、耳元に話しかけられる。

「……ねぇ、ヒッキー。あの二人何言ってんの？」

ああ、由比ヶ浜。お前みたいな庶民がいるとほんと落ち着くなぁ……。

十八歳未満が夜十時以降働くのは労働基準法で禁止されている。この時間まで働いているということは川崎は年齢詐称という魔法を用いているわけだ。そして、それは雪ノ下の手によって解かれてしまった。

それでも、川崎(かわさき)は相変わらず余裕を崩さない。

「やめる気はないの？」

「ん？　ないよ。……まぁ、ここはやめるにしてもまたほかのところで働けばいいし」

川崎はクロスで酒瓶を磨きながら、しれっとなんでもないことのように言った。その態度に少しイラついたのか、雪ノ下(ゆきのした)はペリーを軽く煽(あお)る。……ハリスだっけ？

ピリピリとした険悪な空気の中、恐々と由比ヶ浜(ゆいがはま)が口を開いた。

「あ、あのさ……川崎さん、なんでここでバイトしてんの？　あ、やー、あたしもほら、お金ないときバイトするけど、年誤魔化(ごまか)してまで夜働かないし……」

「別に……。お金が必要なだけだけど」

ことり、と小さな音を立てて酒瓶が置かれる。

まぁ、そりゃそうだろう。働く理由なんてお金のためってのがほとんどのはずだ。中にはやりがいとか生きがいとか求めている人もいるんだろうが、それについちゃ俺にはよくわからん。

「あー、や、それはわかるんだけどよ」

俺が何気なくそう言うと、川崎は硬い表情になる。

「わかるはずないじゃん……あんなふざけた進路を書くような奴にはわからないよ」

いつだったか、俺と川崎は屋上で出会っていた。そして、俺の書いた職場見学希望調査票を見られている。覚えてたのか。

「別にふざけてねぇよ……」

「そ、ふざけてないならガキってことでしょ。人生舐めすぎ」

川崎は酒瓶を拭いていたクロスをぽいとカウンターに投げると、壁にもたれかかる。

「あんたも、……いや、あんただけじゃないか、雪ノ下も由比ヶ浜にもわからないよ。別に遊ぶ金欲しさに働いてるわけじゃない。そこらのバカと一緒にしないで」

俺を睨み付ける川崎の目には力があった。邪魔をするなと、そう力強く吠える瞳。だが、それとは裏腹に瞳は潤んでいる。

しかし、それは果たして本当に強さだろうか。誰にもわかりはしないだろうと、そう叫ぶ言葉は理解されないことへの嘆きと諦め、そして理解してもらいたいという願いがあるように俺には思われてならない。

例えば、雪ノ下雪乃。彼女は誰にも理解されなくとも諦めも嘆きもしない。それでもなお貫き通すことが強さだと彼女は確信しているからだ。

例えば、由比ヶ浜結衣。彼女は誰かを理解することについて諦めることも逃げることもしない。表面上であったとしても触れ合い続けることで何かが変わると祈っているからだ。

「やー、でもさ、話してみないとわからないことってあるじゃない？　もしかしたら、何か力になれることもあるかもしれないし……。話すだけで楽になれること、も……」

由比ヶ浜の声は途中から途切れ途切れになる。川崎の冷え切った視線が由比ヶ浜の言葉を切り裂いていた。

「言ったところであんたたちには絶対わかんないよ。力になる？　楽になるかも？　そう、それじゃ、あんた、あたしのためにお金用意できるんだ。うちの親が用意できないものをあんたたちが肩代わりしてくれるんだ？」

「そ、それは……」

困ったように顔を俯かせる由比ヶ浜。川崎さん怖すぎるっ！

「そのあたりでやめなさい。これ以上吠えるなら……」

雪ノ下が凍えるような声で言った。途中で言葉を切ったせいでより恐ろしさが増す。なに、なにするつもりなの、お前。

川崎も一瞬たじろいだが、小さく舌打ちをすると雪ノ下に向き直った。

「ねぇ、あんたの父親さ、県議会議員なんでしょ？　そんな余裕がある奴にあたしのこと、わかるはず、ないじゃん……」

静かに、囁くような口調。それは何かを諦めた声だった。

川崎がその言葉を口にしたとき、カシャンとグラスが倒れる音がした。

横を見れば、横倒しになったシャンパングラスからじわりとペリエが広がっている。雪ノ下は唇を噛みしめ、カウンターに視線を落としている。普段の雪ノ下ならこんなこと考えられない。俺は驚いて思わず雪ノ下の顔を覗き込んだ。

「……雪ノ下？」

「――え？　あ、ああ、ごめんなさい」

そう言っていつもと同じ、否、いつもより凍てついた無表情で雪ノ下は平然とお絞りでテーブルを拭いた。ただならぬ気配にすぐさま、それが雪ノ下にとってのタブーであることが察せられる。そういえばついこないだもこいつ、こんな顔してたな。あれはなんのときだったかと俺が思い出そうとしたとき、ダンッとカウンターを叩く音がした。

「ちょっと！　ゆきのんの家のことなんて今、関係ないじゃん！」

由比ヶ浜は珍しいことに強い語気で川崎を睨んだ。冗談やノリなんかではなく、由比ヶ浜は怒っている。こいつ、こんな表情で怒るのか……。

いつものへらへらと笑っている由比ヶ浜とのギャップに驚いたのか、それとも川崎自身、何かまずいことを言ってしまった自覚があるのか、少しばかり声のトーンが落ちた。

「……なら、あたしの家のことも関係ないでしょ」

そう言われてしまえばそれまでだ。

俺も由比ヶ浜も、もちろん雪ノ下だってなんの関係もありはしない。

仮に、川崎の行いが法に背くことだったとして、それを咎めるのは教師や両親であり、裁くのは法だろう。友達でもなんでもない俺たちが彼女にしてやれることなんて何一つない。

「そうかもしれないけどそういうことじゃなくて！　ゆきのんに」

「由比ヶ浜さん。落ち着きなさい。ただグラスを倒しただけよ。別になんでもないわ、気にしないで」

カウンターから身を乗り出しかけていた由比ヶ浜の身体を雪ノ下が優しく制止する。その声はいつもより落ち着き払っていて、その分とても冷たく聞こえた。

もう初夏も過ぎたというのに随分と空気が冷え切っている。

まぁ、今日のところはこんなもんだろ。雪ノ下も由比ヶ浜も、そして川崎も冷静に話せるって感じじゃない。

ただいくつかわかったことはある。あとはこっちでなんとかすればいい。

「今日はもう帰ろうぜ。正直眠い。これ飲み終わったら俺帰るわ」

とはいえ、ジンジャエールはまだ半分以上残っていた。

「あなたね……」

「ま、まぁまぁ。ゆきのん、今日はもう帰ろ？」

雪ノ下は呆れたようにため息をつくと、俺に何か言おうとするが、それを由比ヶ浜が押し留めた。俺と視線を交わすと、由比ヶ浜は軽く頷く。今の雪ノ下が普段とは違うことに由比ヶ浜も気づいているようだ。

「……そうね、今日は帰るわ」

本人も気づいているのか、奇跡的にも雪ノ下は俺の言うことに従ってくれた。伝票も確認せずにそっと数枚の紙幣をカウンターに置くと立ち上がった。由比ヶ浜も雪ノ下に続いて、椅子から立つ。

その背中に声をかける。

「由比ヶ浜、後でメールする」

「……へ？　え、え。あ、うん、わかった。……待ってる、ね」

間接照明のせいか由比ヶ浜の顔はやけに赤く見えるが、胸の前で手をもじもじとさせてから手を振ってきた。このオシャレ空間の中にあってやけに似合わない行動だからやめろ。

二人を見送ってから、俺はグラスを傾けて川崎に向き直る。少しばかり喉を潤わせてから話を切り出した。

「川崎。明日の朝時間くれ。五時半に通り沿いのマック。いいか？」

「はぁ？　なんで？」

川崎の態度はさっきよりもなお冷たい。けれど、その次の言葉で態度を変えさせる自信が俺にはあった。

「少し、大志のことで話しておきたいことがある」

「……何？」

怪訝な、というよりはむしろ、敵視するような目で俺を見る川崎。それを躱すようにして俺は一息で残りのジンジャエールを飲み干すと、立ち上がった。

「それは明日話すよ。じゃあな」

「ちょっと！」

そう呼びかける声を無視して俺はかっこよく、この店に似合うようなオシャレ感満載でこの場を去ろうとした。

「ちょっと！　お金、足りてないんだけど！」

……おい、雪ノ下。俺の分は払ってないのかよ。

俺は無言でカウンターまで戻るとなけなしの千円札を出す。すると、返ってきたお釣りが六〇円。あ、あの……これ、「なんで？」とか聞いちゃいけないんだよね？

ジンジャエール一杯で千円近くもとられるとか、ここだけバブルかよ……。

×　×　×

翌朝のことだ。といっても俺は寝ておらず、朝五時過ぎのマックでうとうとしながら二杯目のコーヒーを啜っていた。既に空は明るくなり、雀が地面に下りては忙しなく啄んでまた空へと戻っていく。

あれからホテル・ロイヤルオークラを後にした俺たちはそれぞれ家に帰った。帰宅してから小町にいくつかお願いをし、俺は再び外出してここで時間を潰していた。別に家で寝ていてもよかったのだが、五時に起きる自信がなかった。

そうまでして起きていた理由は一つ。

「来たか……」

音を立てて自動ドアが開くと、気だるげに靴を引きずって川崎沙希が現れた。

「話って何?」

疲れているからか、いつもより一層不機嫌そうに川崎が問う。その迫力に一瞬土下座してしまおうかという考えが頭をよぎったが、それを打ち消して俺はなるべく余裕があるように振る舞った。

「まぁ、おちちゅけ。……まぁ、落ち着け」

盛大に噛んでしまった。余裕があるふり、大失敗。だって、川崎さん怖いんですもの。

ただこの失敗のおかげで俺の硬さもほぐれたのか、その後は滑らかに言葉が出てくる。

「みんなもうじき集まる。もう少し待ってくれ」

「みんな?」

川崎が怪訝な顔をしていると、再び自動ドアの開く音がして、雪ノ下と由比ヶ浜がやって来た。

二人と別れて直後、俺は由比ヶ浜に一通のメールを送った。今日は雪ノ下の家に泊まること、その旨両親に連絡を入れておくこと、翌朝五時に雪ノ下と一緒に通り沿いのマックに来ること。以上、三点のみを書いた実に簡素な業務連絡だ。

「またあんたたち？」

うんざりとした表情で川崎は深くため息をつく。

しかし、もう一人不機嫌な奴がいる。

由比ヶ浜はふてくされたようにしてこっちを見もしない。

「何、あいつ寝不足？」

俺は雪ノ下に問うてみるが、雪ノ下も首を捻る。

「さぁ？　よく寝ていたと思うけれど……。そういえば、あなたのメールが来てから露骨に不機嫌になった気がするわね。何か卑猥なことでも書いたの？」

「だからさ、俺を性犯罪者扱いすんのやめてくんない？　っつーか、ただの業務連絡なんだから不機嫌になりようがねぇだろ」

俺と雪ノ下が顔を見合わせていると、そこへひょこっと割って入ってきたのは小町だった。

「やー、さすが小町のお兄ちゃんだなー。肝心なところで気が利かない」

「おー、小町。急に現れてさらっと兄を罵倒するのはやめろー？」

「お兄ちゃん、普通は業務連絡をダシにメールのやりとりするんだよ。ただの業務連絡だけなんて、メールしたくないみたいでしょ」

「妹さんも呼んでいたの？」

雪ノ下が少しばかり意外そうな表情で聞いてくる。

「ああ、頼みごとがあったんでな。小町、連れてきてくれたか？」

「うん」

そう言って小町が指を指した方向には川崎大志。

「大志……、あんたこんな時間に何してんの」

川崎が驚きとも怒りともつかない顔で大志を睨んだ。だが、大志も譲らない。

「こんな時間ってそれこっちのセリフだよ、姉ちゃん。こんな時間まで何やってたんだよ」

「あんたに関係ないでしょ……」

突っぱねるようにして、川崎はそこで会話を断ち切ろうとした。だが、その論法は他人には通じても、家族である大志には通じない。これまでは川崎と大志、一対一で話していたからこそ川崎にはいくらでも逃げ場があった。一方的に会話を打ち切ったり、それこそその場から去ったり、どうとでもしようがあった。

だが、今はそれができない。周りにいる俺たちが決して逃がさないし、何より朝、外にいるその現場を押さえられてしまっている。

「関係なくねぇよ、家族じゃん」

「……あんたは知らなくていいって言ってんの」

大志が食い下がってくると、答える川崎の声は弱々しいものになった。だが、それでも絶対に話すまいという意志がそこにはある。

裏を返せば、それは大志にだからこそ話せないということではないのか。

「川崎、なんでお前が働いてたか、金が必要だったか当ててやろう」

俺が言うと、川崎は俺を睨みつける。雪ノ下と由比ヶ浜は俺に興味津々の眼差しを向けた。

川崎沙希がバイトを始めた理由。それを彼女は明らかにはしなかった。しかし、考えてみればそのヒント自体はある。

川崎沙希が不良と化したのは高校二年になってから、と川崎大志は言った。確かに、川崎大志の視点から見ればそうだろう。だが、川崎沙希の視点から言えばそうではない。

川崎沙希にとっては、川崎大志が中学三年になったときからバイトを始めたのだ。

なら、その理由は川崎大志の時間軸にある。

「大志、お前が中三になってから何か変わったことは？」

「え、えっと……。塾に通い始めたことくらいっすかね？」

大志はほかにもいろいろ思い出そうと頭を抱えていたが、これだけ聞ければ充分だった。川崎は既に俺が言おうとしていることを察したのか、悔しそうに唇を噛んでいる。

「なるほど、弟さんの学費のために……」

由比ヶ浜が納得したように口にしたが、俺はそれを遮った。

「違うな。大志が4月から塾に通えている時点で大志の学費自体はもう解決しているんだ。入学費も教材費もその時点で払い終えてる。もともと川崎家の中でその出費は織り込み済みなんだろう。逆に言えば、大志の学費だけが解決している状態なんだよ」

「そういうことね。確かに、学費が必要なのは弟さんだけではないものね」

雪ノ下はすべて理解したのか、ほんの僅か、川崎に同情めいた視線を向けた。

そう、我が総武高校は進学校だ。生徒の大半が大学進学を希望し、また実際に進学する。従って、高校二年のこの時期から受験を意識する者も少なくなく、夏期講習について真剣に考える奴もいる。

大学に行くまでにも、実際に大学に行くときにもお金はかかるのだ。

「大志が言ってたろ。姉ちゃんは昔から真面目で優しかったって。つまりそういうことなんだよ」

俺がそう結論を言うと、川崎は力なく肩を落とした。

「姉ちゃん……。お、俺が塾行ってるから……」

「……だから、あんたは知らなくていいって言ったじゃん」

川崎は慰めるように、大志の頭をぽんと叩いた。

ほほう、どうやらいい感じにおさまりがついたようだな。いやーよかったよかった。めでたしめでたし。

そう思ったのだが、川崎はきゅっと唇を嚙みしめる。

「けど、やっぱりバイトはやめられない。あたし、大学行くつもりだし。そのことで親にも大志にも迷惑かけたくないから」

川崎の声音は鋭かった。はっきりとした決意が秘められていて、その固い意志に大志は再び黙り込む。

「あのー、ちょっといいですかねー？」

その沈黙を打ち破ったのは小町の呑気な声だった。川崎はかったるそうに顔を向ける。

「何？」

ぶっきらぼうな口調と相まって半ば喧嘩腰にすら見える。だが、小町はそれをにこにこ笑って受け流した。

「やー。うちも昔から両親共働きなんですねー、それで小さいころの小町、家帰ると誰もいないんですよ。ただいまーって言っても誰も応えてくれないんです」

「いや、応えられてても怖いだろ、いきなりなんの話だ」

「あー、うん。お兄ちゃんはちょっと黙っててね」

ぴしゃりとシャットアウトされ、仕方なく俺は口を噤み、小町の話に耳を傾ける。

「それで、そんな家に帰るのが嫌になっちゃって小町五日間ほど家出をしてたんですよ。そしたら両親じゃなくてお兄ちゃんが迎えに来て。で、それ以来兄は小町よりも早く帰るようになったんですよー。それで兄には感謝してるんですねー」

世の中には凄くいいお兄さんがいるんだなーと思ったら俺だった。

思いがけないイイ話に不覚にも涙が出そうになってしまう。別に当時の俺にそんな意図はまったくなく、遊ぶ友達もいないし、テレ東六時台のアニメを見たかったので早く帰っていただけだったんだが。

川崎はどこか俺に親近感にも似た眼差しを向け、由比ヶ浜の瞳は少しうるっとしている。ただ雪ノ下だけが小首を捻った。

「早く帰ってくるのはそのころから比企谷くんに友達がいなかったからでしょう?」

「おい、なんで知ってんだよ。あれか、お前ユキペディアか」

「あー、いえ、それは重々承知なんですけどこう言ったほうが小町的にポイント高いかなーって」

小町がしれっと言ってのける。すると、由比ヶ浜がげんなりとした表情で口を開いた。

「……やっぱヒッキーの妹だね」

「おい、どういう意味だ……」

俺も可愛いという意味だろうか。納得。

「結局何が言いたいわけ?」

川崎がイライラした様子で詰問する。正直、だいぶ怖いのだが、小町は相変わらず笑みを崩さずに真正面から向き合う。

「こんな感じでダメダメな兄なんですけど、それでも小町に心配かけたりは絶対にしないんです。それだけでも妹としては助かるし嬉しいものなんですね。――あ、今のも小町的にポイント高い方向で」

「いちいち最後に余計なのつけんなよ……」

「やだなー、小町なりの照れ隠しに決まってるじゃん。あ、今のも小町的にポイントが」

「もういいもういい」

ったく、軽々しくこういうこと言う奴が妹だから、俺は女子というものがいまいち信じられんのだ。俺がうざったいと態度で示すと、小町はむーと不満げに唸る。その相手をしないようにしていると、諦めてまた川崎へと話を戻した。

「まぁ、つまりですね、沙希さんが家族に迷惑かけたくないと思うのと同じように、大志君だって沙希さんに迷惑かけたくないんですよ？　その辺わかってもらえると下の子的に嬉しいかなーって」

「………」

その沈黙は川崎のものだった。と、同時に俺の沈黙でもあった。

……やべぇ、なんだろうなこの気持ち。まさか小町がそんな風に考えているなんて思いもしなかった。普段から迷惑かけられっぱなしだからまったく気づかなかった。

「……まぁ、俺もそんな感じ」

大志がぼそっと付け足すように言った。顔を赤くしながらそっぽを向いて。

川崎は立ち上がるとそっと大志の頭を撫でる。いつもの気だるげな表情よりほんの僅か柔らかい笑顔だった。

それでもまだ問題は解決していない。ただ川崎沙希と川崎大志が失われていたコミュニケーションを取り戻したというそれだけのことだ。

精神的に充実していればそれですべてが満ち足りるかといえばそんなことはありえない。形あるものがいつか滅びるからといって形あるものが無価値なわけではない。物もお金もやはり必要不可欠だ。

金銭の問題は高校生にとってかなりシビアだ。なまじっかアルバイトで小銭を稼げてしまう分、よりリアルにそれを感じる。私立大学の学費、数百万円というのがいったい何時間働けば手に入れられるものなのか、計算ができてしまうのだ。

ここでぽーんと百万だの二百万だの渡せればかっこいいのだろうが、そんな金は持ってないし、何よりそれは奉仕部の理念に反する。

いつだったか雪ノ下が言っていた。魚を与えるのではなく、魚の獲り方を教えるのだと。

なら、俺の錬金術の一端を授けてやろう。

「川崎。お前さ、スカラシップって知ってる？」

× × ×

朝方五時半の空気はまだ肌寒い。欠伸（あくび）交じりに俺は遠ざかる二つの人影を見送っていた。二人の距離は着かず離れず、片方が追い越してはまた合わせるように歩調を緩（ゆる）め、時折笑い声がさざめくように肩を揺らしていた。

「きょうだいってああいうものなのかしらね……」

朝靄（あさもや）の中で、雪ノ下（ゆきのした）はぽつりと漏（も）らした。

「どうだろうな。結構人によりけりじゃねぇの。一番近い他人って言い方もできるしな」

実際、殴ってやろうかと思うほど本気で腹立たしいときだってあるし、そういうときは自分にまったく似ていないと感じる。けれど、ふとした瞬間にまったく同じ行動をとっていたりして愛着というか愛情というか、そんな感情が湧（わ）いてきたりもする。はっきりいってよくわからん距離感にいるのが兄弟というやつだろう。

だから、一番近い他人というのはなかなか言い得て妙だと思うのだ。一番近いのに他人で、他人だけれど一番近い。

「一番近い、他人……。そうね。それはとてもよくわかるわ」

雪ノ下は頷（うなず）き、そしてそのまま顔を上げない。

「ゆきのん？」

その様子を怪訝に思ったのか由比ヶ浜がそっと雪ノ下の顔を覗き込んだ。すると、雪ノ下はすぐにぱっと顔を上げて由比ヶ浜に微笑みかける。

「さ、私たちも一度帰りましょうか。あと三時間もすれば登校時間だし」

「う、うん……」

雪ノ下の態度に由比ヶ浜は釈然としない表情を浮かべたが、頷いて肩にかけたバッグを背負いなおした。俺も自転車の鍵を外す。

「そうだな。小町、起きろ」

マックの前、縁石に座ってうつらうつらとしている小町の頬をぺちぺちと軽く叩くと、にゃむにゃむと何事かにゃむりながら小町は瞼をこする。

立ち上がると幽鬼の如くふらふらとした足取りで俺の自転車の後ろに座った。いつもならまだ寝ている時間だ。しかたない、今日くらいはゆっくりと平坦な道を走ってやろう。

自転車に跨り、ペダルに足をかける。

「じゃあ、帰るわ。お疲れ」

「うん、また明日、じゃないか。また今日学校で」

由比ヶ浜が胸の前で小さく手を振ってくる。雪ノ下は黙って、ぼーっとした目つきで俺と小町を見つめていたが、俺が走り出そうとしたとき、小声で口にした。

「二人乗りはあまり感心しないけれど……。また事故に遭ったりしないようにね」

「ああ、じゃあな」

そう返して、俺は漕ぎ出す。寝不足の頭はあまりうまく動いておらず、キャパシティのほとんどが対向車の動きと路面状況の把握に割かれていた。おかげで今雪ノ下が言ったことにも適当な答えしか返してない。こいつに事故のことって話したっけかな……。

国道十四号と交わる直線をゆっくりとした速度で走る。いつも登校時には邪魔をする向かい風も今は追い風になっていた。

二つ目の信号待ちをしていたとき、通り一本挟んだベーカリーから香ばしい匂いが漂ってくる。

くぎゅーと腹が鳴った。

「……小町。パン買って帰るか？」

「っ！　お兄ちゃんのバカっ！　普通、そこは気づかなかったふりをするか、黙ってさりげなくパン屋さんに寄るかするところだよ⁉　お腹減ったから寄るけど！」

ぽかぽかと背中を叩かれながら、俺は自転車をベーカリーの方向へ向けて走らせる。

「はぁ……、お兄ちゃんほんとダメダメだなぁ。こんなことならさっき無闇に褒めるんじゃなかったよ」

「いや、さっき全然褒めてなかったじゃん。最終的にお前がいい子になってたじゃん。しかもだいたい捏造だったじゃん」

「ま、そーなんだけどさー」

そう言って小町は殴る手を止めた。

「……でも、感謝してるのはほんと」

そして、その腕をきゅっと俺の腰に回してくると、抱きつくように俺の背中に顔をうずめてきた。

「それも小町的にポイント高い、だろ？」

「ちっ、ばれたか」

小町はそう言いつつも俺の腰に回した腕を離さない。朝方のひんやりとした風が二人分の体温をゆっくりと冷ましていく。心地よさを肌に感じていると、じんわりとした微睡みが広がっていくのがわかった。どうやら、今日も遅刻らしい。こんな気分じゃ家に帰ったらさぞ気持ちよく眠れることだろう。たまには兄妹仲良く遅刻も悪くない。

「でもさー、よかったね。ちゃんと会えて」

「あ？　なんのことだ？」

背中から聞こえる小町の声で俺は訝しむような表情をしていただろう。小町は俺の顔を見ていないからか、そのまま話を続けた。

「ほら、お菓子の人。会ったなら会ったって言ってくれればいいのに。いやー、よかったね、お兄ちゃん。骨折ったおかげで結衣さんみたいな可愛い人と知り合えて」

「あー、まぁそうだな……」

俺は機械のように足を送り出しペダルを踏み込む。ほとんど無意識的に行われるその行動に感情は伴っていない。だから、そこへ感情が混じった瞬間、その動作は崩れる。

ガクンと急に身体が揺れた。そして、脛に激痛が走る。

「があぁっ！」

「いっつつつ……。急になにー？　小町、自転車のペダル踏み外す人初めて見たよ」

小町がぶーたれて文句を言うがそれどころじゃない。

今こいつなんて言った？　由比ヶ浜がお菓子の人？

お菓子の人というのはお中元でおなじみの人でも紫のバラの人でもない。俺にとっては因縁の相手だ。

俺は高校入学初日、交通事故に遭っている。登校途中、高校付近で犬の散歩をしていた女の子の手からリードが離れ、そこへ折悪しく金持ってそうなリムジンが来た。その犬を助けた結果、俺は骨折。入学初日から三週間ほど入院し、高校開幕ぼっちが決定したのだ。

その犬の飼い主が、小町の言うお菓子の人。

「お兄ちゃん、どしたの？」

小町が心配げに覗き込んでくるが、俺は曖昧な笑顔を浮かべることしかできない。……少しだけ、いろんなことを考えてしまった。そして、自嘲気味に笑った。

「なんでもねぇよ。パン買って帰ろうぜ」

そう言って、俺は自転車を漕ぎ出したが、不思議なことにペダルは空回りしてまた俺の脛を打った。

hiratsuka's mobile

FROM 平塚静　21:09

TITLE 比企谷くん、試験勉強の調子はどうですか？

現国は中間試験のためだけでなく、
後々の受験も視野に入れて読解力を
高めると良いと思います。
頑張ってください。

FROM 平塚静　21:15

TITLE 失礼、平塚静です。

君には、先生と言ったほうが
わかりやすいかも知れませんね

hachiman's mobile

FROM 八幡 21:12
TITLE Re
……すんません、
誰っすか？

FROM 八幡 21:20
TITLE Re
（´-`）.｡oO（メールだと
キャラが全然違ぇ…）

5

またしても、比企谷八幡は元来た道へ引き返す。

試験期間一週間の全日程を終了し、休みが明けての月曜日。今日は試験結果がすべて返される日だ。

授業は答案返却と問題解説のみ。

一つの教科が終わるたびに、由比ヶ浜（ゆいがはま）がわざわざ報告しにくる。

「ヒッキー！　日本史点数上がったよ！　やっぱ、あの勉強会やばいって」

やや興奮気味で由比ヶ浜は話すが、俺はいくらか冷めていた。

「よかったな」

「うん！　やーこれもゆきのんのおかげだよ……ついでに、ヒッキーも」

そう由比ヶ浜は言うが、正直俺はなんにもしていない。

だいたい、あれくらいの量の勉強ですぐさま効果が出てたまるか。あの手のものは基本的に意味がない。だから、その点数が取れたのは由比ヶ浜自身で頑張った分なんじゃないだろうか。

俺のほうの試験結果はといえば相変わらず、国語学年三位を死守していた。数学は九点。おい、漸化式（ぜんかしき）ってなんだよ。字面（じづら）が中二病すぎるだろ。

そして、今日は試験結果の戻しがある日というだけでなく、かねてからの懸案事項であった、職場見学の日でもあった。

生徒たちは昼休みを迎えるとめいめいに己の希望した職場へと見学に繰り出した。

俺たちが向かうのは海浜幕張駅。このあたりは結構なオフィス街でもあり、意外な会社の本社があったりもする。と、同時に先日の一件でもわかるように繁華街でもある。

幕張新都心の名は伊達ではない。これはもう逆に千葉が首都と言ってもいいくらいだ。

俺は戸塚と葉山の三人グループ、のはずだった。

だが、実際にそこへ向かってみるとわらわらと葉山の周りに人が集まっている。何、大名？ まぁ葉山とは最初から一緒に行こうとは思っていないし、戸塚とデート気分で二人っきりでそぞろ歩くか、と思って戸塚を捜してみるが、戸塚も戸塚で女子数名がまとわりついていた。おっかなびっくりの戸塚の様子は知らない人が見たら虐められてるのかと思うレベル。

葉山の周りには葉山とは別のグループになったはずの男子三人組に三浦たちもいる。そこには由比ヶ浜の姿も見かけることができた。

ちらほらと数えてみても五つくらいの班はここへ来ていたようだ。

人込みはあまり得意ではない。たまに休日出かけてみても人が多いだけでもう帰りたくなってしまう。

自然と俺のポジショニングはその集団の最後尾につけていた。さすがは俺、自ら進んで殿（しんがり）を務めるなんて戦国武将なら褒賞（ほうしょう）ものである。

俺たちが、というか葉山（はやま）が選んだのはどこだか名前を聞いたことがある電子機器メーカーだった。そこは単純に社屋と研究施設というだけでなく、近隣に解放されたミュージアムも併設してある。そのミュージアムには全面ぐるりと取り囲んだスクリーンシアターがあるなどアミューズメント性もばっちり兼ね備えた企業だった。

これを無意識に選んでいるのだとしたら葉山の引きの良さというか、天性の勘は素晴らしいものだ。また、逆に大勢人が集まることを見越してここを選んだのだとしても、その気配りには舌を巻く。

何より、こういうメカ系の展示なんかはぼっちの俺が一人で見ていても楽しい。

トランペットを欲しがる少年のように、ガラスにぺったりと張り付きながら、機械がうおんうおん動く様子を眺めているとそれだけでもわくわくするものだ。

「俺たちは機械じゃない」というのは、管理されることや苦役に投入されることへの反発心から出てくる言葉なのだろうが、まったくもってその通りだ。俺たちは機械じゃない。だから、時々俺みたいにどこにも絡まない使い道のよくわからんギアが存在していたりする、これがミニ四駆だったらタミヤに問い合わせちゃうぜ。

厳密にいうのなら、機械にもこうした無駄な部分というのは存在する。俗に「遊び」といわれる個所だ。チェーンの余った部分や余分なギア比なんかをこう呼んだりする。こいつがあることによって機構自体に余裕が生まれ耐用年数が上がったりするんだそうだ。今日、研究員の人が言っていた。機械にも人間にも遊びが必要なんだと。

まぁ、ぼくは遊びにも誘われないわけですが……。

俺は集団から適度に距離をとりながら、機械の群れを見て回った。

前にはきゃっきゃとお喋りやじゃれ合いを楽しむ彼らと彼女ら。後ろを振り向いても誰もいない。後方はシーンと静まり返り、耳に痛いほどだ。

だが、その静寂を、かつかつという硬質なヒールの音が切り裂いた。

「比企谷。ここへ来ていたのか」

平塚先生は珍しく白衣を脱いでいた。ここで白衣を着ていると従業員と見分けがつかず、紛らわしいからだろう。

「先生は見回りですか？」

「まぁそんなところだ」

と、平塚先生は答えたが、視線は生徒のほうへなどまったく向いておらず、メカメカしい機械たちへと注がれていた。

「ふう……日本の技術力は凄いな。……私が生きているうちにガンダム作られるかなぁ」

やはり脳が少年だった。うっとりと恋するかのような瞳で鋼のボディをめでている。いや、ちゃんと恋してください、ほんと。

もう置いてっちゃおうかな…と思い、俺が歩き始めると、その足音に気づいたのか、平塚先生も同じ歩調で俺の横に並んだ。

「ああ、そうだ比企谷。例の勝負のことなんだがな……」

勝負……。俺と雪ノ下の間で交わされた、奉仕部の活動を通じてどちらがより多くの人を導けるか、というものだ。勝った者は負けた者になんでも命令していいことになっている。

話を切り出したものの、先生はどこか言い淀む。

俺は目だけでその続きを促した。

すると、意を決して先生は再び口を開く。

「不確定要素の介入が大きすぎてな、今の枠組みの中では対処しきれない。そこで、一部仕様を変更しようと思う」

なんだかゲーム会社の言い訳のような言葉を使ったが、要するに先生のキャパをオーバーしててんてこ舞いですということらしい。

「俺は別にいいっすけど……」

どの道、この勝負のルールブックは平塚先生だ。俺が何を言ったところで変わるときは変わる。そもそも勝負の基準が平塚先生の独断と偏見なんだし。

抵抗するだけ無駄だ。

「具体的には決まってるんですか？」

「いや……、一人扱いに困っている子がいてね」

そう言って平塚先生は頭を掻いた。

扱いに困る、と聞いてふと由比ヶ浜が思い当たった。俺と雪ノ下、二人きりだった奉仕部へ中途入部してきた一人の少女。

イレギュラーな存在といっていい。不確定要素というならこいつこそがそうだ。当初の構想にはおらず、それでいて今の奉仕部の中心にいる。

なら、勝負は俺と雪ノ下、そして由比ヶ浜の三者で行われることになるのだろうか。

「ふむ、どうやらメカメカロードはここで終わりのようだな」

メカメカロードってなんだよ。

「新たな仕様が決まったら、また改めて連絡する。何、悪いようにはせんさ」

にこっと平塚先生は笑って言うが、俺、そのセリフ悪役からしか聞いたことないんですけど……。そして、平塚先生は元来たメカメカロードへと戻って行った。

俺はそれを見送ってから出口へと向かう。

平塚先生と少し長く喋りすぎた。葉山たちはもう既にいなくなっていて、閑散とした竹林が初夏の風に揺られてざわめき声を上げているだけだ。

西の空が色づき始めたころ、誰もいないエントランスの周囲を見回してみた。

そこで、見覚えのあるお団子を見つけた。見つけてしまった。

縁石に座り込み、膝を抱えてぽちぽちと携帯電話をいじっている女の子。一瞬、声をかけていいのか悩む。が、躊躇しているうちに、逆に気づかれてしまった。

「あ、ヒッキー、遅い！　もうみんな行っちゃったよ？」

「あ、ああ。悪い、こう俺の中のロボット魂が騒いでだな……。で、そのみんなはどこ行ったわけ」

「サイゼ」

ほんと千葉の高校生はサイゼ好きだな。いくら千葉県発祥のファミレスとはいえ、贔屓にしすぎじゃねぇの。安くて旨いからしょうがないけどよ。

「……お前は行かねぇの？」

「え!?　……あ、やー、なんというかヒッキーを待っていた、というか。その……置いてけぼりは可哀想かなーとかなんとか」

胸の前で人差し指どうしを突き合わせて、由比ヶ浜はちらりと俺を見る。

そんな姿を見て、俺は思わず微笑んでしまった。

「由比ヶ浜は、優しいよな」

「へ!?　あ、え!?　そ、そんなことないよっ!!」

西日のせいか顔を真っ赤にして由比ヶ浜はぶんぶんと全力で腕を振る。

何故否定されたのか全然わからんが、それでも俺は由比ヶ浜は優しいと思う。いい奴だと思う。だから、きちんと言っておくべきだと思った。

「あのさ、別に俺のことなら気にする必要ないぞ。お前んちの犬、助けたのは偶然だし、それにあの事故がなくても俺、たぶん高校でぼっちだったし。お前が気に病む必要まったくなし。あ、いや自分で言うのもなんだけどよ」

ほんと自分で言うことではないが、逆に自分のことだからこそよくわかる。たぶん、というかもう絶対に、俺が普通に入学したところで友達に囲まれることなんてなかっただろう。

「ヒ、ヒッキー、覚えて、たの？」

由比ヶ浜は大きな目を見開き、驚きに満ちた顔で俺を見つめる。

「いや、覚えてないけど。一度、うちにお礼に来てくれたんだってな。小町に聞いた」

「そか……小町ちゃんか……」

たはは、とまた薄っぺらい笑みを浮かべて由比ヶ浜はそっと顔を伏せた。

「悪いな、逆に変な気遣わせたみたいで。まぁ、でもこれからはもう気にしなくていい。俺がぼっちなのはそもそも俺自身が理由だし事故は関係ない。負い目に感じる必要も同情する必要もない。……気にして優しくしてんなら、そんなのはやめろ」

ほんの僅か、自分の語気が荒くなったのを自覚した。ああ、いかんな。何をカリカリしてるんだ俺は。こんなのなんでもないことなのに。

俺は苛立ちを誤魔化すようにがりがりと頭を掻いてしまう。さっきから流れているこの沈黙が気まずい。

初めて沈黙を苦手に思った。

「まぁ、その、なんだ……」

とりあえず口を開きはするものの、言うべき言葉が見つからず、具体的なことが出てこない。お互い言葉に詰まると、由比ヶ浜がにへらと笑った。

「や、やー、なんだろうね。別にそういうんじゃないんだけどなー。なんてーの？　……や、ほんとそんなんじゃなくて……」

由比ヶ浜はその笑い方のまま、ちょっと困ったように下を向く。俯いているせいで表情は見えなくなった。ただか細い声がちょっと震えている。

「そんなんじゃ、ないよ……そんなんじゃ、ないのに……」

小さな声で由比ヶ浜は言う。どこまでも優しい由比ヶ浜結衣は、たぶん最後まで優しい。

真実は残酷だというなら、きっと嘘は優しいのだろう。

だから、優しさは嘘だ。

「あー、まぁなんだ、ほら」

声をかけると、由比ヶ浜はキッと俺を睨みつけた。目に涙を溜めて、それでも俺から目を逸らさず、その強い瞳に俺のほうが目を逸らしてしまった。

「……バカ」

そう言い残して由比ヶ浜はたっと走り出した。だが、数メートルも離れると、その足取りは重くなり、心なしかとぼとぼと歩くようになった。

俺はそれを見送り、くるりと踵（きびす）を返した。

由比ヶ浜は皆が待つサイゼへ行ったのかもしれない。けれど、俺には関係ない。

俺、人混み嫌いだしな。

あと、優しい女の子も、嫌いだ。

夜中に見上げた月みたいに、どこまでもついてくるくせに手が届かない。

その距離感が摑（つか）めない。

ほんの一言挨拶（あいさつ）を交わせば気になるし、メールが行き交えば心がざわつく。電話なんてかかってきた日には着信履歴を見てつい頰（ほお）が緩（ゆる）む。

だが、知っている。それが優しさだということを。俺に優しい人間はほかの人にも優しくて、そのことをつい忘れてしまいそうになる。

別に鈍感なわけじゃない。むしろ敏感だ。それどころか過敏ですらある。そのせいでアレルギー反応を起こしてしまう。

既にそのパターンは一度味わっている。訓練されたぼっちは二度も同じ手に引っかかったりしない。じゃんけんで負けた罰（ばつ）ゲームの告白も、女子が代筆した男子からの偽（にせ）のラブレターも俺には通じない。百戦錬磨（ひゃくせんれんま）の強者（つわもの）なのだ。負けることに関しては俺が最強。

いつだって期待して、いつも勘違いして、いつからか希望を持つのはやめた。

だから、いつまでも、優しい女の子は嫌いだ。

了

あとがき

こんにちは、渡航（わたりわたる）です。

この間、青春というやつを思い返してみたんですが、どうにも記憶が薄くて困りました。その理由は思い出したくもない忌（い）まわしい記憶ばかりだからというのもあるんでしょうが、未（いま）だ思い返すには近すぎるからなのかもしれません。高校を卒業したのはもう何年も前ですから、歳月的に近すぎるというより、精神的に近すぎるのではないかと思います。

あの頃の自分と今の自分を比較してみるとこんな感じです。

【高校時代】：三年間で二〇〇回の遅刻、遅刻が多すぎて親が呼び出される。将来はお金持ちの美人と結婚して自堕落（じだらく）で退廃的な生活をしたいと思っている。雨の日は高確率で休む。

【二十代半ば】：遅刻が多すぎて、上司に呼び出される。将来はお金持ちの美人と結婚して自堕落で退廃的な生活をしたいと思っている。雨の日どころか晴れてもあまり原稿をやらない。

……少年の心を忘れない俺、すげぇ。

考えてみるに、どうやら男の子と言うのはいつまでたっても青春の最中にいるということなのかもしれません。だから、高校時代の焦燥感（しょうそうかん）や嫉妬（しっと）や劣等感というものを今も引きずり、ときに根拠のない自信に酔いしれ、『劣等感では俺が最強。マジ優越感』という意味の分からない矛盾（むじゅん）を抱（かか）えて、そしていつまでも夢を描き続けることができるのだと思います。

けれど、確実に失ってしまったものもあります。……女子高生と制服デートがしたかった。

さて、では謝辞です。

ぽんかん⑧神。前回に引き続き素敵イラストをありがとうございます。表紙の結衣（ゆい）が可愛（かわい）い余りゆいゆいしてしまいました。一日五回、ちゃんと祈りを捧げています。

担当の星野様。今回も諸々ご迷惑をおかけしつつどうにかしてもらいました。まだまだご迷惑をかける予定なので頑張ってください。ありがとうございます。

逢空万太（あいそらまんた）様。面識がないにもかかわらず、帯コメントを頂きありがとうございます。あと、生チョコ送って下さってありがとうございます。おいしい生チョコのおかげで書けました。

家族。特に父。長年のお仕事お疲れ様でした。あなたが身を粉にして働いてくれたおかげで今こうして作家業なんぞやれています。のんびり長生きして人生を楽しんでください。あと、うちの猫は俺にまったく懐（なつ）いていないと思うんですが気のせいですか。

読者の皆様。皆様が『やはり俺の青春ラブコメはまちがっている。』（略して「はまち」、通称「俺ガイル」）を応援して下さったおかげでこの②巻を出すことができました。本当に嬉しいです。ありがとうございます。次も楽しんでいただけるよう頑張ります。

さて、と言った感じで今回はこの辺で筆を置かせていただきます。走り出したら止まらない、それが『スピード』と『青春ラブコメ』。次巻もよろしければお付き合いください。

六月某日　千葉県某所にて　ミルクイタリアンジェラートに舌鼓（したつづみ）を打ちつつ

渡航

GAGAGA
ガガガ文庫

やはり俺の青春ラブコメはまちがっている。②

渡 航

発行　2020年4月22日　初版第1刷発行

発行人　立川義剛

編集人　星野博規

編集　星野博規

発行所　株式会社小学館
〒101-8001 東京都千代田区一ツ橋2-3-1
[編集]03-3230-9343　[販売]03-5281-3556

カバー印刷　株式会社美松堂

印刷・製本　図書印刷株式会社

Printed in Japan　ISBN978-4-09-451851-1